Himlen
(I)

Så Klar og Smuk som Krystal

Dr.Jaerock Lee

Himlen I: Så Klar og Smuk som Krystal af Dr. Jaerock Lee
Udgivet af Urim Books (Repræsentant: Kyungtae Noh)
73, Yeouidaebang-ro 22-gil, Dongjak-gu, Seoul, Korea
www.urimbooks.com

Alle rettigheder er reserveret. Denne bog eller dele heraf må ikke reproduceres, lagres eller transmitteres på nogen måde, hverken elektronisk, mekanisk, som kopi eller båndoptagelse uden skriftlig tilladelse fra udgiveren.

Medmindre andet bemærkes er alle citater fra Bibelen, Det Danske Bibleselskab, 1997.

Copyright © 2016 ved Dr. Jaerock Lee
ISBN: 979-11-263-0034-1 04230
ISBN: 979-11-263-0033-4 (set)
Oversætteses Copyright © 2009 ved Dr. Esther K. Chung. Brugt med tilladelse.

Tidligere udgivet på koreansk af Urim Books i 2002

Første udgivelse: Januar, 2016

Redigeret af Dr. Geumsun Vin
Design: Redaktionsbureauet ved Urim Books
Tryk: Yewon Printing Company
For yderligere information: urimbook@hotmail.com

Forord

Kærlighedens Gud leder ikke kun de troende på frelsens vej, men afslører også himlens hemmeligheder.

De fleste har sikkert mindst én gang i livet spurgt sig selv: "Hvor kommer jeg hen efter livet i denne verden?" eller "Eksisterer himlen og helvede virkelig?"

Mange mennesker dør, før de finder svar på disse spørgsmål, og selv om de tror på livet efter døden, kender de ikke nødvendigvis til himlen, for mange mangler den korrekte viden. Himlen og helvede er ikke fantasier, men realiteter i det spirituelle rige.

Himlen er et sted så smukt, at det ikke kan sammenlignes med noget i denne verden. Der er særlig stor skønhed og lykke i Ny Jerusalem, hvor Guds trone står. Alt er lavet af de bedste materialer og med himmelske færdigheder, så det kan slet ikke beskrives på passende måde.

Helvede er der imod fuldt af endeløs, tragisk smerte og evig straf; de frygtelige realiteter forklares detaljeret i bogen *Hell*.

Himlen I

Himlen og helvedet blev kendt gennem Jesus og apostlene, og selv i dag afsløres detaljer om disse steder gennem de af Guds folk, som har oprigtig tro.

Himlen er det sted, hvor Gud børn skal nyde det evige liv, og der bliver forberedt utænkeligt smukke og forunderlige ting til dem. Man kan først kende himlen i detaljer, når Gud tillader det, og åbenbarer den.

Jeg bad og fastede kontinuerligt i syv år for at få viden om himlen, og begyndte at få svar fra Gud. Nu viser Guds mig flere af hemmelighederne i det spirituelle rige og han gør det med større grundighed.

Da himlen ikke er synlig, vil det være meget vanskeligt at beskrive himlen med denne verdens sprog og viden. Der kunne let opstå misforståelser. Derfor kunne apostelen Paulus ikke fortælle detaljeret om Paradis i den tredje himmel, selv om han havde set det i en vision.

Gud lærte mig også mange hemmeligheder om himlen, og i mange måneder bad jeg om at forstå det lykkelige liv og de forskellige boliger og belønninger, som man vil få i himlen alt efter målet af ens tro. Men jeg kunne ikke prædike om alt det, jeg havde lært.

Grunden, til at Gud lader mig bekendtgøre det spirituelle riges hemmeligheder gennem denne bog, er at redde så mange

Forord

sjæle som muligt og føre dem til himlen, der er klar og smuk som krystal.

Jeg takker og ærer Gud for at lade mig udgive *Himlen 1: Så Klar og Smuk som Krystal*, som indeholder en beskrivelse af et sted, der er så klart og smukt som krystal, og fyldt med Guds herlighed. Jeg håber, at du vil indse Guds store kærlighed, som lader dig se himlens hemmeligheder og fører alle mennesker på frelsens vej, sådan at også du kan opnå den. Jeg håber også, at du vil løbe mod det evige liv i Ny Jerusalem.

Jeg takker Geumsun Vin, direktør for forlaget, og hendes personale samt oversættelsesbureauet for deres hårde arbejde i forbindelse med udgivelsen af denne bog. Jeg beder i Herrens navn om at mange sjæle vil blive frelst og opnå det evige liv i Ny Jerusalem gennem denne bog.

Jaerock Lee

Indledning

I håbet om, at hver af jer må indse Guds tålmodige kærlighed, opnå den fuldkomne ånd, og løbe mod Ny Jerusalem.

Jeg takker og ærer Gud, som har ledt talrige mennesker til at kende det spirituelle rige og at løbe mod målet med håb om himlen gennem udgivelsen af *Hell* og den todelte *Himlen*. Denne bog består af ti kapitler, som fortæller om livet og skønheden, og om forskellige steder i himlen samt de belønninger, som man modtager alt efter målet af tro. Dette har Gud afsløret for Dr. Jaerock Lee ved Helligåndens inspiration.

Kapitel 1 "Himlen: Så klar og smuk som krystal" beskriver den evige lykke i himlen ved at se på dens generelle fremtrædelse, og der vil hverken være behov for sol eller måne til at skinne.

Kapitel 2 "Edens have og himlens ventested" forklarer hvor Edens have ligger, hvordan den fremtræder og hvordan livet er der, sådan at man bedre kan forstå himlen. Dette kapitel vil også fortælle om Guds plan og forsynet bag kundskabens træ samt den menneskelige spirituelle kultivering. Desuden fortælles der om ventestedet, hvor de frelste mennesker venter indtil dommedag. Livet der beskrives, og det berettes hvilken slags mennesker, som kommer direkte i Ny Jerusalem uden at skulle vente.

Kapitel 3 "Den syvårs bryllupsfest" forklarer Jesu Kristi anden advent, den syv år lange prøvelse, Herrens genkomst på jorden, Tusindårsriget og det evige liv derefter.

Kapitel 4 "Himlens hemmeligheder som har været skjult siden skabelsen" dækker de af himlens hemmeligheder, som er blevet afsløret gennem Jesu lignelser, og fortæller, hvordan man kan opnå himlen, hvor der er mange boliger.

Kapitel 5 "Hvordan vil vi leve i Himlen?" forklarer den spirituelle krops højde, vægt og hudfarve, samt hvordan vi vil leve. Med adskillige eksempler på det glædesfyldte liv i himlen vil dette kapitel også opfordre til at gå kraftfuldt frem mod himlen med stort håb.

Kapitel 6 "Paradis" forklarer, hvordan der er i Paradis, som er det ydmygeste sted i himlen, men dog langt smukkere og lykkeligere end denne verden. Det beskrives også hvilken slags

Indledning

mennesker, som vil komme i Paradis.

Kapitel 7 "Det Første Rige i Himlen" beskriver livet og belønningerne i det Første Rige, som vil huse dem, som har taget imod Jesus Kristus og forsøger at leve i overensstemmelse med Guds ord.

Kapitel 8 "Det Andet Rige i Himlen" ser nærmere på livet og belønningerne i det Andet Rige, hvor de mennesker, som ikke opnåede fuldstændig hellighed, men som gjorde deres pligt, vil komme ind. Vigtigheden af lydighed og pligtopfyldelse understreges også.

Kapitel 9 "Det Tredje Rige i Himlen" beskriver skønheden og herligheden i det Tredje Rige, som ikke kan sammenlignes med det Andet Rige. Det Tredje Rige er stedet for de mennesker, som har skilt sig af med alle deres synder – selv synderne i deres natur – ved egen kraft og med hjælp fra Helligånden. Desuden forklares kærligheden fra Gud, som tillader tests og prøvelser.

Endelig i kapitel 10 "Ny Jerusalem" introduceres Ny Jerusalem, som er det smukkeste og herligste sted i himlen og der, hvor Guds trone står. Det beskriver hvilken type mennesker, som vil komme i Ny Jerusalem. Dette kapitel afsluttes med at give læseren håb gennem eksempler fra to mennesker, som vil komme i Ny Jerusalem.

Gud har forberedt himlen så klar og smuk som krystal til hans elskede børn. Han ønsker, at så mange mennesker som muligt skal frelses, og ser frem til at møde sine børn i Ny Jerusalem.

Jeg håber i Herrens navn at alle læsere af *Himlen 1: Så Klar og Smuk som Krystal* vil indse Guds store kærlighed, opnå en fuldstændig ånd med Herrens hjerte og løbe energisk frem mod Ny Jerusalem.

Geumsun Vin
Direktør for forlaget

Indhold

Forord
Indledning

Kapitel 1 **Himlen: Så klar og smuk som krystal • 1**
  1. Den nye himmel og den nye jord
  2. Floden med livets vand
  3. Guds og Lammets trone

Kapitel 2 **Edens have og himlens ventested • 19**
  1. Edens have, hvor Adam levede
  2. Mennesker kultiveres på jorden
  3. Himlens ventested
  4. Folk som ikke opholder sig i ventestedet

Kapitel 3 **Den syvårs bryllupsfest • 45**
  1. Jesu genkomst og den syvårs bryllupsfest
  2. Tusindårsriget
  3. Himlen som belønning efter dommedag

Kapitel 4 **Himlens hemmeligheder som har været skjult siden skabelsen • 67**
  1. Himlens hemmeligheder har været åbenbaret siden Jesu tid
  2. Himlens hemmeligheder afsløres ved tidens afslutning
  3. I min faders hus er der mange boliger

Kapitel 5 **Hvordan vil vi leve i Himlen?** • 95

    1. Den generelle livsstil i Himlen
    2. Beklædning i Himlen
    3. Mad i Himlen
    4. Transport i Himlen
    5. Underholdning i Himlen
    6. Tilbedelse, uddannelse og kultur i Himlen

Kapitel 6 **Paradis** • 119

    1. Skønheden og lykken i Paradis
    2. Hvilken slags mennesker kommer i Paradis?

Kapitel 7 **Det Første Rige i Himlen** • 135

    1. Dets skønhed og lykke overgår Paradis
    2. Hvilken slags mennesker kommer i det Første Rige?

Kapitel 8 **Det Andet Rige i Himlen** • 149

    1. Der gives smukke huse til hver enkelt
    2. Hvilken slags mennesker kommer i det Andet Rige?

Kapitel 9 **Det Tredje Rige i Himlen** • 165

    1. Engle tjener hver af Guds børn
    2. Hvilken slags mennesker kommer i det Tredje Rige?

Kapitel 10 **Ny Jerusalem** • 181

    1. Folk i Ny Jerusalem møder Gud ansigt til ansigt
    2. Hvilken slags mennesker kommer til Ny Jerusalem?

Kapitel 1

Himlen:
Så klar og smuk som krystal

1. Den nye himmel og den nye jord
2. Floden med livets vand
3. Guds og Lammets trone

Og englen viste mig floden med livets vand,
klart som krystal,
den vælder ud fra Guds og Lammets trone.
I midten, med gaden på den ene side
og floden på den anden, står livets træ,
som bærer frugt tolv gange,
Hver måned giver det frugt,
og træets blade tjener til lægedom
for folkeslagene.
Og der skal ikke mere være nogen forbandelse.
Men Guds og Lammets trone skal stå i byen,
og hans tjenere skal tilbede ham,
og de skal se hans ansigt
og bære hans navn på deres pande.
Der skal ikke mere være nat,
og de har ikke brug for lys fra lamper
eller lys fra solen,
for Herren Gud lyser for dem,
og de skal være konger i evighedernes evighed.

- Johannesåbenbaringen 22:1-5

Mange mennesker undrer sig og spørger: "Det siges, at man kan få et lykkeligt liv til evig tid i himlen – men hvad er den for et sted?" Hvis man lytter til vidnesbyrdene fra dem, som har været i himlen, vil man høre, at de fleste af dem har passeret gennem en lang tunnel. Det skyldes, at himlen er i det spirituelle rige, som er meget anderledes end den verden, vi lever i.

De mennesker, som lever i denne tredimensionale verden, kender ikke himlen i detaljer. Man kan kun kende til denne forunderlige verden, som ligger over den tredimensionale verden, når Gud fortæller om den, eller når man får åbnet sine spirituelle øjne. Når man kender detaljeret til det spirituelle rige, vil sjælen blive lykkelig, troen vil vokse hurtigt, og man vil blive elsket af Gud. Jesus har fortalt himlens hemmeligheder i mange lignelser og apostelen Johannes forklarer udførligt om himlen i Johannesåbenbaringen.

Hvilken slags sted er himlen da, og hvordan kommer folk derhen? Vi vil nu kaste et kort blik på himlen, så klar og smuk som krystal, som Gud har forberedt for at dele sin kærlighed med sine børn til evig tid.

1. Den nye himmel og den nye jord

Den første himmel og den første jord, som Gud havde skabt, var klare og smukke som krystal, men de blev forbandede på grund af Adams, det første menneskes, ulydighed. Den hurtigt voksende industrialisering og udvikling i videnskab og teknologi har forurenet jorden, og flere mennesker bekymrer sig for naturens beskyttelse end nogensinde før.

Når tiden kommer vil Gud derfor fjerne den første himmel og den første jord og åbenbare den nye himmel og den nye jord. Selv om denne jord er blevet forurenet og fordærvet, er den stadig nødvendig for at opdrage Guds sande børn, som kan og vil komme ind i himlen.

I begyndelsen skabte Gud jorden, og så mennesket, og førte mennesket til Edens have. Han gav det maksimal frihed og overflod, og tillod det alt, undtagen at spise fra kundskabens træ. Mennesket forbrød sig dog mod det eneste, som Gud havde forbudt ham, og blev derfor uddrevet til denne jord, den første himmel og den første jord.

Da Gud den Almægtige vidste, at mennesket ville gå dødens vej, havde han forberedt Jesus Kristus før tiden begyndelse, og sendte ham til jordet på det passene tidspunkt.

Enhver, som tager imod Jesus Kristus, som blev korsfæstet og genopstod, vil blive forandret til en ny skabning og komme til den nye himmel og nye jord for at nyde det evige liv.

Den nye himmels blå farve er klar som krystal

Den nye himmel, som Gud har forberedt, er fyldt med frisk luft for at gøre den ren og klar til forskel fra luften i denne verden. Lad os forestille os en klar og høj himmel med rene hvide skyer. Hvor ville det være vidunderligt og dejligt!

Hvorfor vil Gud gøre den nye himmel blå? Farven blå giver spirituelt set en fornemmelse af dybte, højde og renhed. Vand er som regel rent, hvis det ser blåt ud. Man kan føle, hvordan hjertet bliver forfrisket, når man ser på den blå himmel. Gud gjorde himlen i denne verden blå, for han rensede vores hjerter og indstillede os på at lede efter Skaberen. Når man ser på den klare, blå himmel, kan man udbryde: "Min skaber må være der oppe. Han har gjort alt så smukt!" Så vil hjertet blive renset, og man vil føle tilskyndelse til at føre et godt liv.

Hvad om hele himlen var gul? I stedet for at føle behag, ville folk føle sig urolige og forvirrede, og nogle ville måske endda lide af mentale forstyrrelser. Menneskers sind kan bevæges, forfriskes, eller forvirres af forskellige farver. Derfor har Gud gjort himlen i den nye himmel blå, og dannet klare, hvide skyer så hans børn vil kunne leve lykkeligt med hjerter, der er så klare og smukke som krystal.

Den nye jord i himlen er lavet af det pureste guld og juveler

Hvordan vil jorden så være i himlen? På den nye jord i himlen, som Gud har gjort klar og ren som krystal, er der hverken mudder eller støv. Den nye jord består kun af det pureste guld og juveler. Hvor vil det være fascinerende at være i himlen, hvor de skinnende veje er lavet at guld og juveler!

Denne jord er lavet af mudder, som forandrer sig over tid. Denne forandring giver os besked om meningsløshed og død. Gud tillader at alle planter vokser, bærer frugter og visner i jorden, sådan at vi må indse, at livet på denne jord har en ende.

Himlen er lavet af det pureste guld og juveler, som ikke forandres, for himlen er en sand og evig verden. Ligesom planter vokser på jorden, vil de i himlen vokse, når de bliver plantet. Men til forskel fra planterne i denne verden, visner og dør de ikke. Selv bjerge og slotte er lavet af rent guld og juveler. Hvor må de være skinnende og smukke! Man bør have sand tro, sådan at man ikke vil gå glip af skønheden og lykken i himlen, for det er ikke muligt fuldt ud at udtrykke den med ord.

Den første himmel og den første jord vil forsvinde

Hvad vil der ske med den første himmel og den første jord, når denne smukke nye himmel og nye jord fremkommer?

"Og jeg så en stor hvid trone og ham, der sad på den. For hans ansigt måtte både jord og himmel flygte, og der var ingen plads til dem" (Johannesåbenbaringen 20:11).

"Og jeg så en ny himmel og en ny jord. For den første himmel og den første jord forsvandt, og havet findes ikke mere" (Johannesåbenbaringen 21:1).

Når de mennesker, som er blevet kultiveret på denne jord, er blevet dømt på godt og ondt, vil den første himmel og den første jord forsvinde. Dette betyder ikke, at de vil forsvinde fuldstændig, men i stedet at de vil blive flyttet til et andet sted.

Hvorfor vil Gud flytte den første himmel og den første jord i stedet for at skille sig fuldstændig af med dem? Det er fordi, hans børn, som lever i himlen, vil savne den første himmel og den første jord, hvis han udrydder dem fuldstændig. Selv om de har lidt under sorger og problemer i den første himmel og på den første jord, vil de savne dem, fordi de engang har været deres hjem. Da kærlighedens Gud ved dette, flytter han dem til en anden del af universet, og skiller sig ikke fuldstændig af med dem. Det univers, vi lever i, er en endeløs verden, og der er mange andre universer. Så Gud flytter den første himmel og den første jord til et hjørne af universet og lader sine børn besøge dem, når de har behov for det.

Der er ingen tårer, sorg, død eller sygdom

I den nye himmel og på den nye jord, hvor Guds børn, som frelses gennem troen, vil leve, er der ingen forbandelser, og de er fulde af lykke. I Johannesåbenbaringen 21:3-4 ser vi, at der ikke er hverken tårer, sorg, død, klage eller sygdomme i himlen, for Gud er der:

> *"Og jer hørte en høj røst fra tronen sige: Nu er Guds bolig hos menneskene, han vil bo hos dem, og de skal være hans folk, og Gud vil selv være hos dem. Han vil tørre hver tåre af deres øjne, og døden skal ikke være mere, ej heller sorg, ej heller skrig, ej heller pine skal være mere. Thi det, der var før, er forsvundet."*

Hvor ville det være trist, hvis du sultede, og selv dine børn råbte på mad, fordi de var sultne! Og hvad ville det hjælpe, hvis nogen kom og sagde: "Du er så sulten, at du græder," og tørrede tårerne væk, hvis vedkommende ikke gav dig noget at spise? Hvad ville reelt hjælpe i denne situation? Nogen skulle give dig noget at spise, sådan at du og dine børn ikke sultede. Først derefter ville dine tårer og dine børns tårer stoppe.

Når der står, at Gud vil tørre hver tåre bort af øjnene betyder det, at hvis man bliver frelst og kommer i himlen, så vil der ikke være nogen bekymring eller noget problem, for der er ingen tårer, sorg, død, klage elle sygdom i himlen.

Om man tror på Gud eller ej, vil man være nødt til at leve med en eller anden form for sorg i denne verden. Verdslige mennesker vil sørge meget, selv når de lider små tab. Men de mennesker, som tror, vil sørge med kærlighed og nåde for dem, som endnu ikke er blevet frelst.

Når først man kommer i himlen, vil man dog ikke længere have nøde at bekymre sig om død eller om andre menneskers synder, som får dem til at falde i det evige helvede. Man vil ikke længere lide på grund af synder, så der vil ikke være nogen form for sorg.

På denne jord klager man, når man fyldes af tristhed. I himlen er der dog ikke noget behov for klage, for der vil hverken være sygdomme eller bekymringer. Der vil kun være evig lykke.

2. Floden med livets vand

I himlen flyder floden med livets vand så klar som krystal ned gennem hovedgaden. Dette forklares i Johannesåbenbaringen 22:1-2, og man bør føre sig lykkelig bare ved at forestille sig det.

"Og englen viste mig floden med livets vand, klart som krystal, den vælder ud fra Guds og Lammets

trone. I midten, med gaden på den ene side og floden på den anden, står livets træ, som bærer frugt tolv gange, hver måned giver det frugt, og træets blade tjener til lægedom for folkeslagene."

Jeg har engang svømmet i Stillehavets klare vand, der var så gennemsigtigt, at jeg kunne se planter og fisk i det. Det var meget smukt, og jeg var lykkelig over at være der. Selv i denne verden kan man føle, at hjertet bliver forfrisket og renset, når man ser det rene vand. Så hvor meget lykkeligere vil man ikke være i himlen, hvor floden med livets vand, der er klart som krystal, flyder ned gennem hovedgaden!

Floden med livets vand

Selv i denne verden skinner solen smukt og dens lys reflekteres i krusningerne på havets overflade. Floden med livets vand i himlen ser blå ud fra lang afstand, men når man kommer tættere på det, kan man se, at det er så klart, smukt og rent, at man kan sige, der er "klart som krystal."

Hvorfor vælder floden med livets vand ud fra Guds og Lammets trone? Spirituelt set henviser vand til Guds ord, som er livets føde, og man får evigt liv gennem Guds ord. Jesus siger i Johannesevangeliet 4:14: *"Den, der drikker af det vand, jeg vil give ham, skal aldrig i evighed tørste. Det vand, jeg vil give ham, skal i ham blive en kilde, som vælder med vand til evigt liv."* Guds ord er vandet til evigt liv, og det er derfor, floden med livets vand vælder ud fra Guds og Lammets trone.

Hvordan vil livets vand så smage? Det er så sødt, at man ikke kan opleve det i denne verden, og man vil føle sig fuld af energi, når man har drukket det. Gud gav livets vand til mennesket, men efter Adams fald blev vandet på denne jord forbandet sammen med alle andre ting. Siden da har folk ikke været i stand til at smage livets vand på denne jord. Man vil først kunne smage det, når man er kommet i himlen. Mennesker på denne jord drikker forurenet vand, og de interesserer sig mere for kunstige drikke såsom sodavand. Desuden kan vandet på denne jord ikke give evigt liv, og livets vand i himlen, Guds ord, giver evigt liv. Det er sødere end honning, mere flydende end honning, og det giver styrke til ånden.

Floden løber rundt i hele himlen

Floden med livets vand, som vælder ud fra Guds og Lammets trone, er ligesom det blod, der holder os i live ved at kredse rundt i kroppen. Det løber rundt i hele himlen, langs midten af hovedgaden, og kommer tilbage til Guds trone. Hvorfor løber floden med livets vand rundt i hele himlen langs midten af hovedgaden?

For det første er floden med livets vand den nemmeste vej til Guds trone. For at komme til Ny Jerusalem, hvor Guds trone står, skal man bare følge vejen, som er lavet af det pureste guld, og som følger floden på begge sider.

For det andet ligger vejen til himlen i Guds ord, og man kan kun komme i himlen, når man følger den vej, som angives ved Guds ord. Som Jesus siger i Johannesevangeliet 14:6: *"Jeg er vejen og sandheden og livet. Ingen kommer til Faderen uden ved mig."* Vejen til himlen ligger i Guds sandhedsord. Når man handler i overensstemmelse med Guds ord, kan man komme i himlen, hvor Guds ord, floden med livets vand, løber.

Gud har indrettet himlen sådan, at man kan komme til Ny Jerusalem, hvor Guds trone står, bare ved at følge floden med livets vand.

Sand af guld og sølv på bredderne

Hvad vil der være på bredderne af floden med livets vand? Først vil man lægge mærke til sand af guld og sølv, som er spredt ud over det hele. Sandet i himlen er rundt og blødt, så det hænger ikke fast til tøjet, selv om man sætter sig på det.

Der er også mange behagelige bænke, som er dekoreret med guld og juveler. Når man sidde på en bænk med en kær ven og har en lykkelig samtale, vil engle komme og servicere.

På denne jord ser man op til engle, men i himlen vil englene kalde os for "herre" og tjene os, som vi ønsker. Hvis man har lyst til frugt, vil en engle komme med en frugtkurv dekoreret med juveler eller blomster, og den vil straks give dig kurven.

Desuden er der smukke blomster i mange farver på begge sider af floden med livets vand, og der er fugle, insekter og dyr. De tjener os også og man kan dele sin kærlighed med dem. Hvor smuk og vidunderlig er himlen med denne flod med livets vand!

Livets træ ved siden af floden

Johannesåbenbaringen 22:1-2 forklarer detaljeret, hvordan livets træ står ved siden af floden med livets vand.

"Og englen viste mig floden med livets vand, klart som krystal, den vælder ud fra Guds og Lammets trone. I midten, med gaden på den ene side og floden på den anden, står livets træ, som bærer frugt tolv gange, hver måned giver det frugt, og træets blade tjener til lægedom for folkeslagene."

Hvorfor har Gud placeret livets træ, som bærer frugt tolv gange, ved siden af floden?

Det skyldes primært, at Gud ønsker at alle hans børn, som er kommet i himlen, mærker himlens skønhed og liv. Han ønsker at minde dem om, at de bar Helligåndens frugt, da de handlede i overensstemmelse med Guds ord, ligesom de måtte skaffe føden i deres ansigts sved.

Her må man være klar over én ting. Det at bære tolv frugter betyder ikke, at ét træ bærer tolv frugter, men at der er tolv forskellige træer, som bærer hver sin type frugt. I Bibelen kan man se, at Israels tolv stammer blev dannet af Jakobs tolv sønner, og gennem disse tolv stammer blev nationen Israel dannet, og nationer som accepterer kristendommen er blevet dannet over hele verden. Jesus udvalgte tolv disciple, og budskabet er blevet prædiket og udbredt til alle nationer gennem disse tolv disciple.

De tolv frugter på livets træ symboliserer derfor, at enhver fra hvilken som helst nation kan bære Helligåndens frugter og komme i himlen, hvis han følger troen.

Når man spiser de smukke og farverige frugter fra livets træ, vil man blive forfrisket og føle sig lykkelig. Så snart frugten er plukket, vil der komme en anden i dens sted, så træet vil aldrig blive tomt. Bladene på livets træ er mørkegrønne og skinnende, og vil altid forblive sådan, for de hverken falder af eller bliver spist. Disse grønne og skinnende blade er meget større end bladene på træerne i denne verden, og de vokser på en meget ordentlig måde.

3. Guds og Lammets trone

Johannesåbenbaringen 22:3-5 beskriver det sted, hvor Guds og Lammets trone står midt i himlen:

"Og der skal ikke mere være nogen forbandelse. Men Guds og Lammets trone skal stå i byen, og hans tjenere skal tilbede ham, og de skal se hans ansigt og bære hans navn på deres pande. Der skal ikke mere være nat, og de har ikke brug for lys fra lamper eller lys fra solen, for Herren Gud lyser for dem, og de skal være konger i evighedernes evigheder."

Tronen står midt i himlen

Himlen er det evige sted, hvor Gud regerer med kærlighed og retfærdighed. I Ny Jerusalem, som ligger midt i himlen, står Guds og Lammets trone. Lammet henviser her til Jesus Kristus (Anden Mosebog 12:5; Johannesevangeliet 1:29; Første Petersbrev 1:19).

Ikke alle og enhver kan komme til det sted, hvor Gud normalt opholder sig. Det ligger i et rum i en anden dimension end Ny Jerusalem. Guds trone på dette sted er meget smukkere og mere strålende end tronen i Ny Jerusalem.

Himlen I

Gud trone i Ny Jerusalem er der, hvor Gud opholder sig, når hans børn tilbeder ham eller holde fester. Johannesåbenbaringen 4:2-3 forklarer, hvordan Gud sidder på sin trone.

"Straks blev jeg grebet af Ånden og så en trone stå i himlen og én sidde på tronen. Og han, som sad på tronen, var at se til ligesom jaspis og sarder, og der var en regnbue rundt om hans trone, at se til som smaragd."

Rundt om tronen sidder der 24 ældste i hvide klæder og med guldkroner på hovedet. Foran tronen står Guds syv ånder og et glashav så klart som krystal. I midten og rundt om tronen er der fire levende væsener, den himmelske skare og mange engle.

Desuden er Guds trone dækket med lys. Den er så smuk, forbløffende, majestætisk, ærværdig og stor, at mennesket ikke kan fatte det. På højre side af Guds trone står Lammets, vor Herre Jesu, trone. Den er anderledes end Guds trone, men den treenige Gud, Fader, Søn og Helligånd har samme hjerte, karakteristika og magt.

Mange flere detaljer om Guds trone vil blive forklaret i den anden bog om himlen, som har titlen: "Heaven, filled with God's Glory."

Ingen nat og dag

Gud regerer over himlen og universet med kærlighed og retfærdighed fra sin trone, som stråler med herlighedens hellige og smukke lys. Tronen står midt i himlen og ved siden af Guds trone står Lammets, som også skinner med herlighedens lys. Derfor er der ikke behov for hverken sol eller måne, eller nogen anden form for lys eller elektricitet i himlen. Der er ikke nat og dag i himlen.

Hebræerbrevet 12:14 opfordrer os til følgende: *"Stræb efter fred med alle og efter den helligelse, uden hvilken ingen kan se Herren."* Og Jesus lover os i Matthæusevangeliet 5:8 at *"salige er de rene af hjertet, for de skal se Gud."*

De troende, som skiller sig af med alt ondt i deres hjerter og adlyder Guds ord fuldstændig, vil derfor se Guds ansigt. I de udstrækning at de ligner Herren vil de blive velsignet i denne verden og leve tæt på Guds trone, når de kommer i himlen.

Hvor vil folk blive lykkelige, hvis de kan se Guds ansigt, tjene ham og dele deres kærlighed med han til evig tid! Men ligesom man ikke kan se direkte på solen, fordi den skinner så kraftigt, vil de mennesker, som ikke efterligner Herrens hjerte, heller ikke være i stand til at se Guds ansigt tæt på.

At nyde den sande lykke i himlen

Man kan nyde den sande lykke i himlen ligegyldigt, hvad man foretager sig. Dette er den bedste gave, som Gud har forberedt med sin overmådelige kærlighed til sine børn. Engle vil tjene Guds børn, som der står i Hebræerbrevet 1:14: *"Alle angle er jo kun tjenende ånder, der sendes ud for at hjælpe dem, som skal arve frelsen."* Ligesom mennesker har forskellige mål af tro, vil størrelsen af deres huse og antallet af engle, som tjener dem, afhænge af, i hvor høj grad disse mennesker ligner Gud.

De vil blive tjent som prinser og prinsesser, for englene vil læse deres herrers tanker og forberede dem hvad som helst, de ønsker. Desuden vil dyr og planter elske Guds børn og tjene dem. Dyrene i himlen vil adlyde Guds børn ubetinget og til tider gøre søde ting for at behage den, for de har ikke noget ondt i sig.

Og hvad med planterne i himlen? Hver plante har en smuk og unik duft, og når som helst Guds børn nærmer sig dem, vil de udsende denne duft. Blomsterne vil udsende den bedste duft for Guds børn, og duften vil sprede sig til fjerne steder. Så snart duften er udsendt, vil den blive gendannet.

De tolv typer frugt på livets træ har hver sin smag. Hvis man dufter blomsterne eller spiser fra livets træ vil man blive så forfrisket og lykkelig, at det ikke kan sammenlignes med noget i denne verden.

Til forskel fra planterne i denne verden vil blomsterne i himlen desuden smile, når Guds børn nærmer sig dem. De vil endda danse for deres herrer og folk kan have samtaler med dem.

Selv om nogen plukker en blomst, vil den ikke blive såret eller trist, for den bliver gendannet med Gud kraft. Den blomst, som bliver plukket, vil blive opløst i luften og forsvinde. Frugten, som folk spiser, vil også blive opløst som en smuk duft og forsvinde gennem vejrtrækningen.

Der er fire årstider i himlen, og folk nyder årstidernes skiften. Folk vil føle Guds kærlighed gennem de særlige karakteristika ved hver årstid: Forår, sommer, efterår og vinter. Nu vil nogen måske spørge: "Vil man stadig lide under sommerens hede og vinterens kulde i himlen?" Vejret i himlen vil dog skabe de perfekte betingelser for Guds børn, og de vil ikke lide under hverken varme eller kulde. Selv om de spirituelle kroppe ikke mærker varme og kulde selv på varme og kolde steder, kan de dog mærke kølig eller varm luft. Men ingen vil lide under varmt eller koldt vejr i himlen.

Om efteråret vil Guds børn nyde de smukke nedfaldne blade, og om vinteren kan de se den hvide sne. De vil kunne nyde en skønhed, der er langt større end noget i denne verden. Gud har skabt fire årstider i himlen, sådan at hans børn kan vide, at hvad som helst de ønsker, er parat til dem i himlen. Det er også et eksempel på, at han med sin kærlighed ønsker at tilfredsstille sine børn, når de savner denne jord, hvor de er blevet kultiveret til at blive Guds sande børn.

Himlen er en firedimensional verden, der ikke kan sammenlignes med denne verden. Den er fuld af Guds kærlighed og kraft, og har endeløse hændelser og aktiviteter, som man ikke engang kan forestille sig. Man vil lære mere om de troendes evige, lykkelige liv i himlen i kapitel 5.

Kun de personer, hvis navn er blevet optegnet af Lammet i livets bog, kan komme i himlen. Som der står i Johannesåbenbaringen 21:6-8, vil kun den, som drikker livets vand og bliver Guds barn, arve Guds rige.

Og han sagde til mig: "Det er sket. Jeg er Alfa og Omega, begyndelsen og enden. Den, der tørster, vil jeg give af kilden med livets vand for intet. Den, der sejrer, skal arve dette, og jeg vil være hans Gud, og han skal være min søn. Men de feje og troløse og afskyelige og morderne og de utugtige og troldmændene og afgudsdyrkerne og alle løgnerne skal få deres lod i søen, der brænder med ild og svovl; det er den anden død."

Det er en af menneskets essentielle pligter at frygte Gud og overholde hans befalinger (Prædikerens bog 12:13). Så hvis man ikke frygter Gud, eller bryder hans ord og bliver ved med at synde, selv om man ved, at man synder, så kan man ikke komme i himlen. Onde mennesker, mordere, utugtige, troldmænd og afgudsdyrkere, som er hinsides sund fornuft, kan helt sikkert ikke komme i himlen. De ignorerer Gud, tjener dæmoner, og tror på fremmede guder, som følger den fjendtlige Satan og djævlen.

De, som lyver overfor Gud og bedrager ham, taler mod eller spotter Helligånden, kan heller ikke komme i himlen. Som jeg forklarer i bogen *Hell*, vil disse mennesker lide den evige straf i helvede.

Derfor beder jeg i Herrens navn om at du ikke alene vil tage imod Jesus Kristus og opnå retten som Guds barn, men at du også ved at følge Guds ord vil nyde den evige lykke i den smukke himmel, der er så klar som krystal.

Kapitel 2

Edens have og himlens ventested

1. Edens have, hvor Adam levede
2. Mennesker kultiveres på jorden
3. Himlens ventested
4. Folk som ikke opholder sig i ventestedet

*Gud Herren plantede
en have i Eden ude mod øst,
og der satte han det menneske,
han havde formet.
Gud Herren lod alle slags træer,
der var dejlige at se på og gode at spise af,
vokse frem af jorden,
også livets træ midt i haven
og træet til kundskab om godt og ondt.*

- Første Mosebog 2:8-9 -

Adam, der var det første menneske, som Gud skabte, levede i Edens have som en levende ånd, der kommunikerede med Gud. Efter lang tid begik Adam dog ulydighedens synd ved at spise fra kundskabens træ, hvilket Gud havde forbudt. Som resultat døde hans ånd, menneskets herre. Adam blev uddrevet af Edens have og måtte leve på denne jord. Adam og Evas ånd døde, og kommunikationen med Gud blev afbrudt. Hvor må de have savnet Edens have, da de levede på denne forbandede jord!

Den alvidende Gud havde på forhånd vidst, at Adam ville være ulydig, og havde derfor forberedt Jesus Kristus, og åbnede gennem ham vejen til frelse, da tiden kom. Enhver, som bliver frelst ved troen, vil arve himlen, som end ikke kan sammenlignes med Edens have.

Efter at Jesus genopstod og kom i himlen, lavede han et ventested, hvor de mennesker, der bliver frelst, kan være indtil Dommedag, og han forbereder boliger til dem. Lad os se på Edens have og himlens ventested for at forstå himlen bedre.

1. Edens have, hvor Adam levede

Første Mosebog 2:8-9 forklarer om Edens have. Det var der, der første mennesker, som Gud skabte, Adam og Eva, levede til at starte med:

"Gud Herren plantede en have i Eden ude mod øst, og der satte han det menneske, han havde formet. Gud

Herren lod alle slags træer, der var dejlige at se på og gode at spise af, vokse frem af jorden, også livets træ midt i haven og træet til kundskab om godt og ondt."

Edens have var det sted, hvor Adam, som var en levende ånd, skulle leve, så den måtte placeres et sted i den spirituelle verden. Så hvor ligger da Edens have, som var hjem for det første menneske Adam?

Placeringen af Edens have

Gud nævner flere "himle" mange steder i Bibelen for at lade os vide, at der er mange rum i den spirituelle verden ud over den himmel, man kan se med det blotte øje. Han brugte ordet "himle" for at få os til at forstå, at rummene tilhører den spirituelle verden.

"Himlen og himlenes himmel og jorden med alt, hvad der er på den, tilhører Herren din Gud" (Femte Mosebog 10:14).

"Du, Herre, er den eneste. Du skabte himlen, himlenes himmel med hele dens hær" (Nehemias' Bog 9:6).

"Lovpris ham, himlenes himmel og I vande oppe over himlen!" (Salmernes Bog 148:4)

Man må derfor forstå, at "himlene" ikke kun henviser til den himmel, man kan se med det plotte øje. Dette er den første himmel, hvor solen, månen og stjernerne er placeret, og der er desuden Anden Himmel og Tredje Himmel, som tilhører den spirituelle verden. I Andet Korintherbrev 12 taler apostelen Paulus om den tredje himmel. Hele himlen fra Paradis til Ny Jerusalem er i den Tredje Himmel.

Apostelen Paulus havde været i Paradis, som er stedet for dem, der har mindst tro, og som ligger længst fra Guds trone. Der hørte han om himlens hemmeligheder. Han erkendte dog, at det var "ting, som mennesket ikke har tilladelse til at fortælle videre."

Hvilken slags spirituel verden er der så i den Anden Himmel? Den er anderledes end den tredje himmel, og Edens have ligger her. De fleste mennesker har troet, at Edens have ligger på denne jord. Mange lærde og bibelforskere fortsætter den arkæologiske søgen og studierne efter den i nærheden af Masopotamia og den øvre del af Euphrates og ved Tigris i Mellemøsten. De har dog ikke fundet noget indtil videre. Årsagen til, at folk ikke kan finde Edens have på denne jord er, at den ligger i den Anden Himmel, som tilhører den spirituelle verden.

Den anden himmel er også stedet for onde ånder, som blev uddrevet fra den Tredje Himmel efter Lucifers oprør. Første Mosebog 3:24 fortæller: *"Han jog mennesket ud, og øst for Edens have anbragte han keruberne og det lynende flammesværd til at vogte vejen til livets træ."* Gud gjorde dette for at hindre, at onde ånder skulle få evigt liv ved at komme ind i Edens have og spise af livets træ.

Porte til Edens have

Man må forstå, at den Anden Himmel ligger over den Første

Himmel, og den Tredje Himmel ligger over den Anden Himmel. Man kan ikke forstå rummet i den firedimensionale verden og derover med forståelse og viden fra den tredimensionale verden. Hvordan er de mange himle så struktureret? Den tredimensionale verden, som man ser, og de spirituelle himle synes at være adskilte, men på samme tid er de indbyrdes overlappende og forbundne. Der er porte, der forbinder den tredimensionale verden med den spirituelle verden.

Selv om man ikke kan se dem, så er der porte, der forbinder den Først Himmel med Edens have i den Anden Himmel. Der er også porte, som fører til den Tredje Himmel. Disse porte er ikke placeret ret højt, men for det meste på højde med skyerne, som man kan se ned på, når man er i et fly.

I Bibelen kan man læse, at der er porte, som fører til himlen (Første Mosebog 7:11; Anden Kongebog 2:11; Lukasevangeliet 9:28-36; Apostlenes Gerninger 1:9, 7:56). Så når portene åbner, er det muligt at komme op i de forskellige himle i den spirituelle verden, og de mennesker, som frelses ved troen, kan komme op i den Tredje Himmel.

Det er det samme med Hades og helvede. Disse steder hører også til den spirituelle verden, og der er porte, som fører til dem. Så når mennesker uden tro dør, vil de komme ned til Hades, som hører til helvede, eller direkte til helvede gennem disse porte.

Sameksistens mellem spirituelle og fysiske dimensioner

Edens have, som hører til den Anden Himmel, er i den spirituelle verden, men er anderledes end den spirituelle verden i Tredje Himmel. Det er ikke en fuldstændig spirituel verden, for den har sameksistens med den fysiske verden.

Med andre ord er Edens have mellemstadiet mellem den fysiske verden og den spirituelle verden. Det første menneske Adam var en levende ånd, men han havde stadig en fysisk krop, som var lavet af jord. Så Adam og Eva var frugtsommelige og øgede befolkningen ved at få børn på samme måde som os (Første Mosebog 3:16).

Selv efter at det første menneske Adam spiste af kundskabens træ og blev uddrevet til denne verden, fortsatte hans børn med at leve i Edens have, og de lever der stadig den dag i dag som levende ånder, der ikke oplever død. Edens have er et fredeligt sted, hvor der ikke er nogen død. Den drives af Guds kraft og kontrolleres af de regler og befalinger, som Gud har givet. Selv om der ikke er nogen forskel på dag og nat, ved Adams efterfølgere helt naturligt, hvornår det er tid til at være aktive, tid til at hvile, og så videre.

Edens have har træk som i høj grad ligner denne verden. Den er fyldt med mange planter, dyr og insekter. Den har en endeløs og smuk natur. Men der er ingen bjerge, kun lave bakker. På disse bakker er der nogle bygninger, som ligner huse, men folk hviler kun i disse bygninger, de bor der ikke.

Feriested for Adam og hans børn

Det første menneske Adam levede i lang tid i Edens have, og var frugtsommelig. Familien blev talrig. Da Adam og hans børn var levende ånder, kunne de frit komme ned til denne jord gennem portene til den Anden Himmel.

Da Adam og hans børn besøgte jorden som feriested i lang

tid, er menneskehedens historie lang. Nogle forveksler denne historie med den menneskelige civilisations sekstusinde år lange historie, og tror ikke på Bibelen.

Kigger man nærmere på de mystiske antikke civilisationer, vil man dog indse, at Adam og hans børn havde for vane af komme ned til denne jord. Pyramiderne og Sfinksen i Giza, Egypten, er eksempler på fodspor fra Adam og hans børn, som levede i Edens have. Disse fodspor, som findes over hele verden, er blevet konstrueret med en meget sofistikeret og avanceret videnskab og teknologi, som man ikke engang kan efterligne i dag med moderne videnskab.

For eksempel indeholder pyramiderne vidunderlige matematiske beregninger, og geometrisk og astronomisk viden, som man kun kan finde og forstå med avancerede studier. De indeholder mange hemmeligheder, som man kun kan fornemme, når man kende universets præcise konstellation og cyklus. Nogle mennesker anser disse mystiske antikke civilisationer for at være fodspor fra rumvæsner, men med Bibelen kan man finde løsning på alle de ting, som end ikke videnskaben kan forstå.

Fodspor af Edens civilisation

Adam havde en utænkelig mængde af viden og færdigheder i Edens have. De skyldtes, at Gud havde lært Adam sand viden, og denne viden og forståelse akkumuleres og udvikles over tid. Så for Adam, som vidste alt om universet og underlagde sig jorden, var det ikke svært at bygge pyramiderne eller sfinksen. Da Gud havde undervist Adam direkte, vidste det første menneske ting, som man stadig ikke ved eller forstår med moderne videnskab.

Nogle af pyramiderne blev bygget med Adams færdigheder og viden, men andre blev bygget af hans børn, og stadig andre af mennesker på denne jord, som forsøgte at imitere Adams pyramider lang tid senere. Alle disse pyramider har teknologiske forskelle. Det skyldes, at kun Adam havde den gudgivne autoritet til at underlægge sig hele skabelsesværket.

Adam levede i lang tid i Edens have og kom lejlighedsvis ned til denne jord, men blev uddrevet fra Edens have efter at have begået ulydighedens synd. Men Gud lukkede ikke de porte, der forbinder jorden og Edens have i en rum tid derefter.

Så Adams børn, som stadig levede i Edens have, kom frit ned til jorden, og da de kom oftere, begyndte de at tage menneskets døtre som koner (Første Mosebog 6:1-4).

Så lukkede Gud portene i himlen, som forbinder jorden med Edens have. Rejseaktiviteten stoppede dog ikke fuldstændig, men kom under strengere kontrol end før. Man må forstå, at de fleste af de mystiske og uløselige antikke civilisationer er fodspor af Adam og hans børn, og er blevet efterladt i den tid, hvor de frit kunne rejse til jorden.

Menneskets historie og dinosaurer på jorden

Hvordan kan det være, at de dinosaurer, som levede på jorden, pludselig blev udryddet? Dette er også et af de meget vigtige beviser på den faktiske alder af menneskehedens historie. Denne hemmelighed kan kun opklares med Bibelen.

Gud havde rent faktisk placeret dinosaurerne i Edens have. De var milde, men blev uddrevet til denne jord, fordi de faldt i den fælde, som Satan havde lagt for dem i den periode, hvor

Adam frit kunne rejse frem og tilbage mellem jorden og Edens have. Dinosaurerne blev tvunget til at leve på denne jord, hvor de konstant måtte lede efter ting, de kunne spise. Til forskel fra den tid, hvor de levede i Edens have, hvor der hele tiden var overflod, kunne denne jord ikke producere mad nok til dinosaurernes store kroppe. De spiste op af frugter, frø og planter, og til sidst begyndte de at spise op af dyrene. De var ved at ødelægge både miljøet og fødekæden. Gud besluttede derfor til sidst at de ikke længere kunne være på jorden, og han udryddede dem med ild fra oven.

I dag er der mange lærde, som argumenterer for, at dinosaurerne levede på denne jord i lang tid. De mener, at dinosaurerne levede her i mere end ethundredogtres millioner år. Men ingen af argumenterne forklarer tilfredsstillende, hvordan så mange dinosaurer pludselig blev til, og lige så pludselig blev udryddet. Hvis de store dinosaurer havde udviklet sig i så lang tid, hvad ville de så have spist for at fortsætte med at leve?

Ifølge evolutionsteorien var der mange typer af laverestående levende væsner, før der kom så mange typer af dinosaurer, men der er stadig ikke et eneste bevis på dette. Generelt er det sådan, at når en type eller familie af dyr bliver udryddet, falder de i antal over tid, og til sidst forsvinder de fuldstændig. Dinosaurerne forsvandt dog pludseligt.

De lærde argumenterer for, at dette var resultatet af pludselige forandringer i vejret; virus; stråling fra en stjerne, der eksploderede; eller kollision mellem en stor meteorit og jorden. Men hvis en sådan forandring havde været katastrofal nok til at dræbe alle dinosaurerne, ville andre dyr og planter vel også være blevet udryddet? De andre planter, fugle og pattedyr lever dog stadig i dag, så realiteten støtter ikke op om evolutionsteorien. Selv før dinosaurerne kom til denne jord, levede Adam og Eva i Edens have, og kom til tider ned til jorden. Man må forstå, at jordens historie ikke er særlig lang. Man kan lære flere detaljer fra de "Lektioner om skabelsen," som jeg har prædiket. Fra nu af vil jeg gerne forklare mere om den smukke natur i Edens have.

Den smukke natur i Edens have

Forestil dig, at du ligger behageligt på siden på en eng fuld af friske træer og blomster. Lyset indkranser blidt hele din krop, og du ser op i den blå himmel, hvor rene hvide skyer flyver forbi og danner forskellige former.

En sø skinner smukt nedenfor en skråning, og en mild brise med den søde duft af blomster passerer hastigt forbi. Du kan have behagelige samtaler med dem, du elsker, og føle dig lykkelig. Til tider kan du ligge på engen eller i bunker af blomster, og mærke den søde duft fra blomsterne, når du berører dem let. Du kan også ligge i skyggen af træerne, som bærer store, lækre frugter, eller spise så mange frugter, som du har lyst til.

I søen og i havet er der mange slags farverige fisk. Hvis du har lyst, kan du tage til den nærliggende strand og nyde de forfriskende bølger og det hvide sand, som skinner i solens lys. Eller hvis du har lyst, kan du endda svømme sammen med fiskene.

Søde dådyr, kaniner og egern med smukke, skinnende øjne kommer hen til dig og gør kære ting. På engen leger mange dyr fredeligt med hinanden.

Dette er Edens have, som er fuld af fred og glæde. Mange mennesker i denne verden ville formodentlig gerne forlade deres travle liv for at opnå denne form for fred og ro bare en enkelt gang.

Et liv i overflod i Edens have

Folk i Edens have kan spise og nyde livet så meget, de har lyst til, og de behøver ikke arbejde for noget. Der er ingen bekymringer, problemer eller angst, men kun glæde, behag og fred. Da alt styres af Guds regler og ordrer, kan folk nyde det evige liv, selv om de ikke har arbejdet.

Edens have har et miljø, der i høj grad ligner jorden, og de fleste af de karakteristika, man finder på jorden, findes også her. Den bliver dog ikke forurenet og vil ikke forandrer sig i forhold til, hvordan den var, da den blev lavet, så naturen er ren og smuk til forskel fra denne jord.

Selv om folk i Edens have normalt ikke har tøj på, føler de sig ikke forlegne, og er ikke utro, for de har ikke nogen syndefuld natur, og der er ikke noget ondt i deres hjerter. De er som babyer, der frit leger nøgne, fuldstændig ubekymrede og ubevidste om, hvad andre vil tro eller tænke.

Omgivelserne i Edens have er passende for mennesker, selv om de ikke har noget tøj på, så de føler ikke noget ubehag ved at være nøgne. Hvor må det være godt, når der ikke er hverken insekter eller torne, som kan skade huden!

Nogle mennesker bærer dog tøj. De er ledere af en gruppe af en bestemt størrelse. Der er også ordre og regler i Edens have. I en gruppe er der en leder, og medlemmerne må adlyde og følge ham. Disse ledere bærer tøj til forskel fra andre, men de gør det kun for at vise deres position, ikke for at dække, beskytte eller dekorere deres krop.

Første Mosebog bemærker, at der er en ændring i temperaturen i Edens have: *"Da dagen blev sval hørte de Gud Herren gå rundt i haven. Da gemte Adam og hans kvinde sig for Gud Herren mellem havens træer.[1]"* Man kan forstå, at de ikke havde en fornemmelse af kølighed i Edens have. Men det betyder ikke, at de svedte på en hed dag eller rystede ukontrolleret på en kold dag, som de ville have gjort på denne jord.

I Edens have er der altid den mest behagelige temperatur, luftfugtighed og vind, sådan at ingen oplever ubehag på grund af forandringer i vejret.

Der er ingen dag og nat i Edens have. Den er altid omgivet af Guds Faders lys, og man vil altid føle, at det er dag. Folk har tid til at hvile, og de skelner tiden til aktivitet mellem hviletiden ved hjælp af temperaturændringer.

De betyder dog ikke, at temperaturen vil øges eller sænkes dramatisk, så folk pludselig vil føle sig varme eller kolde. Men de vil føle behag ved at hvile i den milde brise.

2. Mennesker kultiveres på jorden

Edens have er så stor og udbredt, at man ikke kan forestille sig dens størrelse. Den er omkring en milliard gange større end jorden. Den Første Himmel, hvor folk kun kan leve i 70 eller 80

---

[1] Dette citat er fra den autoriserede bibeloversættelse fra 1931.

år synes endeløs, og strækker sig fra vores solsystem til hinsides galakser. Hvor meget større må Edens have så ikke være, hvor folk øger deres antal uden at se nogen død?

Uanset hvor smuk, fuld af overflod og stor Edens have er, så kan den dog aldrig sammenlignes med noget sted i himlen. Selv Paradis, som er himlens ventested, er et meget smukkere og lykkeligere sted. De evige liv i Edens have er meget anderledes end det evige liv i himlen.

Gennem en nærmere undersøgelse af Guds plan og Adams uddrivelse af Edens have samt hans kultivering på jorden, vil man se, hvordan Edens have adskiller sig fra himlens ventested.

Kundskabens træ og Edens have

Det første menneske Adam kunne spise hvad som helst, han ville, herske over hele skabelsen og leve evigt i Edens have. Men som man ser i Første Mosebog 2:16-17, befaler Gud mennesket: *"Du må spise af alle træerne i haven. Men træet til kundskab om godt og ondt må du ikke spise af, for den dag, du spiser af det, skal du dø!"* Selv om Gud havde givet Adam en enorm autoritet over hele skabelsen og fri vilje, forbød han strengt Adam at spise af kundskabens træ. I Edens have er der mange slags farverige, smukke og lækre frugter, som ikke kan sammenlignes med noget på denne jord. Gud lod Adam spise alle de frugter, han havde lyst til.

Frugten fra kundskabens træ var dog en undtagelse. Man bør indse, at selv om Gud allerede vidste, at Adam ville spise af kundskabens træ, så lod han ham ikke bare synde frit. Hvis Gud havde haft til intention at prøve Adam ved at placere kundskabens træ i haven, vel vidende at Adam ville spise af det, så ville han ikke have befalet så hårdt. Dette er noget, som mange mennesker misforstår. Man bør forstå, at Gud ikke overlagt placerede kundskabens træ der, for at lade Adam spise af det eller for at prøve ham.

Som der står i Jakobsbrevet 1:13: *"Men ingen, som bliver fristet, må sige: 'Jeg bliver fristet af Gud;' for Gud kan ikke fristes af det onde, og selv fristen han ingen."* Gud selv frister ingen.

Hvorfor placerede Gud så kundskabens træ i Edens have?

Når man føler sig lystig, glad eller lykkelig, er det fordi man har oplevet de modsatte følelser af tristhed, smerte eller fortvivlelse. Hvis man ved at godhed, sandhed og lys er gode ting, er det på samme måde fordi man har oplevet og kender til ondskab, usandhed og mørke, som er dårlige ting.

Hvis man ikke har oplevet denne relativitet, kan man ikke føle i sit hjerte, at kærlighed, godhed og lykke er gode ting, selv om man måske har hørt det fra andre mennesker.

Hvordan kan for eksempel en person, som aldrig har været syg eller set nogen syge, kende til sygdommens smerte? Denne person vil ikke engang forstå, at det er godt at være sund. Og hvis en person aldrig har været i nød, og aldrig har kendt nogen, som har været i nød, hvordan kan han så kende til fattigdom? Denne person vil ikke føle, at det er "godt" at være rig, uanset hvor rig han end måtte være. Hvis et menneske ikke har oplevet fattigdom, kan han ikke være taknemmelig af hjertets grund.

Hvis et menneske ikke kender værdien af de gode ting, han har, kender han ikke værdien af den lykke, han nyder. Men hvis man har oplevet sygdommens smerte og fattigdommens sorg, så kan man være taknemmelig af hjertet for den lykke, der kommer fra at være sund og rig. Det er derfor Gud måtte placere kundskabens træ i Edens have.

Da Adam og Eve blev uddrevet af haven og oplevede denne relativitet, indså de den kærlighed og de velsignelser, som Gud havde givet dem. Først da kunne de blive sande børn af Gud, som kendte værdien af sand lykke og liv.

Gud ledte dog ikke overlagt Adam til at gå den vej. Adam valgte at være ulydig overfor Guds befaling på baggrund af sin fri vilje. Men Gud havde planlagt den menneskelige kultivering med sin kærlighed og retfærdighed.

Guds forsyn for den menneskelige kultivering

Da folk fra Edens have blev uddrevet og begyndte kultiveringen på denne jord, måtte de opleve alle former for lidelser såsom tårer, sorg, smerte, sygdom og død. Men det fik dem til at føle sand lykke og nyde det evige liv i himlen med taknemmelighed.

Det er et eksempel på Guds vidunderlige kærlighed og plan, at han gør os til sine sande børn gennem den menneskelige kultivering. Forældre synes ikke, at det er et spild af tid at træne og til tider straffe deres børn, hvis det kan gøre en forskel og gøre børnene mere succesfulde. Og hvis børnene har tiltro til den herlighed, de vil få i fremtiden, vil de være tålmodige og overvinde enhver vanskelig situation og hindring.

Hvis man tænker på den sande lykke, som man vil nyde i himlen, er det ikke så vanskeligt og smerteligt at blive kultiveret på denne jord. I stedet vil man være taknemmelig for at være i stand til at leve i overensstemmelse med Guds ord, for man har håb om den herlighed, man senere vil modtage.

Hvem vil mon Gud holde kærest – dem, som i sandhed er taknemmelige overfor Gud efter at have oplevet mange prøvelser på denne jord, eller de mennesker i Edens have, som ikke for alvor værdsætter det, de har, selv om de lever i et så smukt miljø med stor overflod?

Gud kultiverede Adam, som blev uddrevet af Edens have, og kultiverer hans efterkommere på denne jord for at gøre dem til sine sande børn. Hvis man lever i himlen, vil man have en evig lykke, for selv det laveste niveau af himlen kan ikke sammenlignes med skønheden i Edens have.

Man bør derfor indse Guds forsyn med den menneskelige kultivering, og stræbe efter at blive hans sande barn som handler i overensstemmelse med hans ord.

3. Himlens ventested

Efterkommerne af Adam, som var ulydig overfor Gud, må dø en gang, og derefter opleve Dommedag (Hebræerbrevet 9:27). Men menneskets ånd er udødelig, så den må enten i himlen eller i helvede.

De kommer dog ikke direkte i himlen eller helvede, men opholder sig i ventestedet i himlen eller i helvede. Hvilken slags sted er da himlens ventested, hvor Guds børn er?

Ånden forlader kroppen til sidst

Når en person dør, forlader ånden kroppen. Efter døden vil enhver, som ikke har vidst dette, blive overrasket, når vedkommende ser kroppen blive liggende. Selv om man er troende, vil man have det meget mærkeligt, lige efter ånden forlader kroppen.

Når man komme til den firedimensionale verden fra den tredimensionale verden, som vi på nuværende tidspunkt lever i, er alt meget anderledes. Kroppen føles meget let, og man føler, at man flyver. Men man har ikke ubegrænset frihed, selv efter at ånden har forladt kroppen.

Ligesom nyudklækkede fugle, der ikke er i stand til at flyve umiddelbart, selv om de har vinger, må man bruge nogen tid på at tilpasse sig til den spirituelle verden og lære de basale ting.

De mennesker, som dør med tro på Jesus Kristus, ledsages af to engle, og kommer til den øvre grav. Der lærer de om livet i himlen af engle og profeter.

Når man læser Bibelen, ser man, at der er to slags grave. Troens forfædre såsom Jakob og Job siger, at de vil komme i dødsriget, når de dør (Første Mosebog 37:35; Jobs Bog 7:9). Kora og hans gruppe, som satte sig op mod Moses, der var et Guds menneske, blev styrtet levende i dødsriget (Fjerde Mosebog 16:33).

Lukasevangeliet 16 portrætterer en rig mand og en tigger ved navn Lazarus, som kom i dødsriget, efter at de døde, og man ser, at de ikke er i det samme dødsrige. Den rige mand led i ilden, mens Lazarus hvilede i Abrahams skød.

Der er et dødsrige for dem, som bliver frelst, og et andet for den, som ikke bliver frelst. Den grav, hvor Kora og hans mænd samt den rige mand kom hen, er i Hades, som hører til helvede, men det dødsrige, som Lazarus kom til, er den øvre grav, som hører til himlen.

Tredages ophold i den øvre grav

På gammeltestamentelig tid måtte den, som blev frelst, vente i den øvre grav. Da Abraham, troens forfader, var bestyrer for den øvre grav, hvilede tiggeren Lazarus i Abrahams skød i Lukasevangeliet 16. Men efter Herrens genopstandelse og opstigen til himlen, er dem, som er blevet frelst, ikke længere kommet i den øvre grav hos Abraham. De er i den øvre grav i tre dage, og komme derefter til et sted i Paradis. Det vil sige, at de vil være hos Herren i himlens ventested.

Som Jesus sagde i Johannesevangeliet 14:2: *"I min faders hus er der mange boliger; hvis ikke, ville jeg så have sagt, at jeg går bort for at gøre en plads rede til jer?"* Efter genopstandelse og opstigningen til himlen har vor Herren forberedt en plads til hver af de troende. Siden Herren begyndte at forberede pladser til Guds børn, har de, som er blevet frelst, opholdt sig i himlens ventested et sted i Paradis.

Nogle spekulerer over, hvor mange frelste mennesker, der mon er plads til i Paradis, men der er ingen grund til at bekymre sig. Selv solsystemet, som denne jord tilhører, er kun en prik sammenlignet med galaksen. Og hvor stor er så galaksen? Sammenlignet med hele universet, er galaksen kun en prik. Og hvor stort er så universet?

Universet er et ud af mange, så det er umuligt at forstille sig størrelse på det samlede univers. Hvis denne fysiske verden er så stor, hvor meget større vil så ikke den spirituelle verden være?

Himlen I

Himlens ventested

Hvilken slags sted er så himlens ventested, hvor de mennesker, der bliver frelst, opholder sig efter at de har haft tre dage i den øvre grav til at tilpasse sig?

Når folk ser et smukt sted, siger de: "Dette er et jordisk Paradis" eller "Det er ligesom Edens have!" Edens have kan dog ikke sammenlignes med noget som helst i denne verden. Mennesker i Edens have lever et vidunderligt, drømmelignende liv fuldt af lykke, fred og glæde. Men det virker kun tiltrækkende på mennesker på denne jord. Når først man kommer i himlen, vil man straks få et andet syn på sagen.

Ligesom Edens have ikke kan sammenlignes med denne jord, kan himlen ikke sammenlignes med Edens have. Der er en fundamental forskel mellem lykken i Edens have, som hører til den Anden Himmel, og lykken i ventestedet i Paradis i den Tredje Himmel. Det skyldes, at folk i Edens have ikke for alvor er Guds børn, som har fået kultiveret deres hjerter.

Lad mig komme med et eksempel for at gøre det mere forståeligt. Før der var elektricitet, brugte koreanerne petroleumslamper. Disse lamper gav meget lidt lys sammenlignet med det elektriske lys, man bruger i dag, men det var værdifuldt, når der ikke var noget lys om natten. Efter at man lærte at bruge elektricitet, lavede man dog også elektriske lamper. For de mennesker, som havde været vant til petroleumslamperne, var det elektriske lys forbløffende, og de blev fascineret over dets klarhed.

Hvis vi siger, at denne jord er fyldt med fuldkomment

mørke uden noget lys, kan man sige at Edens have er der, hvor de har petroleumslamper, og himlen er det sted, hvor der er elektriske lamper. Ligesom petroleumslamper og elektrisk lys er fuldkommen forskellige, selv om de begge er lys, er himlens ventested fuldkommen anderledes end Edens have.

Ventestedet er placeret i udkanten af Paradis

Himlens ventested er placeret i udkanten af Paradis. Paradis er stedet for dem, som har mindst tro, og ligger længst fra Guds trone. Det er et meget stort sted.

De, som venter i udkanten af Paradis, får spirituel viden fra profeterne. De lærer om den treenige Gud, himlen, reglerne i den spirituelle verden og så videre. Der er ingen grænser for denne viden, så der er heller ingen ende på læringen. Men til forskel fra visse studier på denne jord, er det aldrig kedeligt eller svært at lære spirituelle ting. Jo mere man lærer, jo mere forbløffet og oplyst bliver man, og så bliver det endnu mere yndefuldt.

Selv på denne jord, kan de, som har rene og ydmyg hjerter, kommunikere med Gud og opnå spirituel viden. Nogle af disse mennesker ser den spirituelle verden, fordi deres spirituelle øjne bliver åbnet. Der er også nogle mennesker, som kan indse spirituelle ting ved Helligåndens inspiration. De kan lære om tro eller om reglerne for at modtage svar på bønner, så selv i den fysiske verden kan de opleve Guds kraft, som tilhører ånden.

Hvis man lærer om spirituelle spørgsmål og oplever ting i den fysiske verden, vil man blive mere energisk og lykkelig. Så hvor meget mere glad og lykkelig vil man ikke blive, når man lærer detaljeret om spirituelle ting i himlens ventested!

At høre nyheder fra denne verden

Hvilken slags liv har folk i himlens ventested? De oplever sand fred, og venter på at komme til deres evige hjem i himlen. De mangler ikke noget, og oplever lykke og behag. De spilder ikke tiden, men fortsætter med at lære nye ting englene og profeterne.

Der bliver udpeget ledere mellem dem, og de lever ordnede liv. De forbydes at komme til denne jord, så de er altid nysgerrige efter at vide, hvad der sker her. De er dog ikke nysgerrige efter verdslige ting, men kun om sager, som er relateret til Guds rige, såsom "Hvordan går det for den kirke, som jeg har tjent? Hvor meget af sin pligt har kirken udført? Hvordan går det med verdensmissionen?"

Så de er glade, når de hører nyt fra denne verden gennem englene, som kan komme ned til jorden, eller gennem profeterne i Ny Jerusalem.

Gud har engang åbenbaret for mig, hvordan det går for nogle af medlemmerne i min kirke, som for øjeblikket opholder sig i himlens ventested. De beder på adskilte steder og venter på at høre nyheder om min kirke. De er specielt interesserede i den pligt, min kirke er blevet pålagt, som er at gennemføre verdensmissionen og bygge den Store Kirke. De bliver rigtig glade, når de får gode nyheder. Så når de hører, hvordan Gud glorificeres gennem vores oversøiske kampagner, bliver de så spændte og tilfredse, at de holder en festival.

Folk i himlens ventested er lykkelige og har det godt, og de hører til tider nyt fra denne jord.

Streng orden i himlens ventested

Mennesker på forskellige trosniveauer, som vil komme forskellige steder hen i himlen efter dommedag, opholder sig alle i himlens ventested, men ordenen bliver overholdt nøje. Mennesker, som har mindre tro, skal vise deres respekt overfor dem, som har større tro, ved at bukke hovedet. Den spirituelle orden bestemmes ikke af position i denne verden, men af udstrækningen af hellighed og trofasthed overfor de gudgivne pligter.

Ordenen bliver overholdt strengt, for det er retfærdighedens Gud, som regerer over himlen. Da ordenen bestemmes på basis den enkelte troendes udstrækning af godhed, størrelse af kærlighed og klarheden af vedkommendes lys, er der ikke nogen, der kan klage. I himlen adlyder alle den spirituelle orden, for der er ikke noget ondt i de frelstes sind.

Det er dog ikke meningen, at denne orden og forskellige slags herlighed skal føre til tvungen lydighed. Lydigheden kommer af kærlighed og respekt af et sandt og oprigtigt hjerte. Derfor respekterer alle i himlens ventested dem, som står over dem i hjertet, og viser den respekt ved at bukke hovedet, for de føler naturligt den spirituelle forskel.

4. Folk som ikke opholder sig i ventestedet

Alle mennesker, som vil komme til deres respektive pladser i himlen efter dommedag, opholder sig aktuelt i udkanten af

Paradis, i himlens ventested. Der er dog nogle undtagelser. De, som kommer til Ny Jerusalem, som er det smukkeste sted i himlen, vil komme direkte derhen og tage del i Guds arbejde. Denne slags mennesker, som har Guds hjerte, der er klart og smukt som krystal, lever i Guds særlige kærlighed og omsorg.

De vil hjælpe med Guds arbejde i Ny Jerusalem

Hvor mon vores forfædre i troen, som er hellige og betroede i hele Guds hus, såsom Elias, Enok, Abraham, Moses og apostelen Paulus, opholder sig nu? Er de i udkanten af Paradis, i himlens ventested? Nej, da disse mennesker er fuldstændig hellige og fuldt ud efterligner Guds hjerte, er de allerede i Ny Jerusalem. Men da dommedag endnu ikke har fundet sted, kan de ikke komme til deres respektive evige boliger.

Hvor i Ny Jerusalem opholder de sig da? I Ny Jerusalem, som er 2 400 km i længde, bredde og højde, er der flere spirituelle rum i forskellige dimensioner. Der er et sted til Guds trone; nogle steder, hvor der bliver bygget huse; og andre steder, hvor vores forfædre i troen, som allerede er kommet ind i Ny Jerusalem, arbejder sammen med Herren.

Vores forfædre i troen, som allerede er i Ny Jerusalem, længes efter den dag, hvor de vil komme til deres evige boliger, mens de sammen med Herren hjælper Guds arbejde med at forberede vores boliger. De længes meget efter at komme til deres evige boliger, for de kan først kommer dertil efter Jesu Kristi genkomst i luften, den syvårs bryllupsfest og Tusindårsriget på denne jord.

Apostelen Paulus, som var fuld af håb om himlen, bekræftede det følgende i Andet Timotheusbrev 4:7-8:

"Jeg har stridt den gode strid, fuldført løbet og bevaret troen. Nu har jeg retfærdighedens sejrskrans i vente, som Herren, den retfærdige dommer, på den dag vil give mig – og ikke mig alene, men alle dem, som har glædet sig til hans tilsynekomst."

De, som strider den gode strid og glæder sig til Herrens genkomst, har et bestemt håb om en plads og en belønning i himlen. Denne slags tro og håb kan tiltage, hvis man kender mere til det spirituelle rige, og det er derfor, jeg detaljeret forklarer om himlen.

Edens have i den Anden Himmel eller ventestedet i den Tredje Himmel er smukkere end denne verden, men selv disse steder kan ikke sammenlignes med herligheden og storslåetheden i Ny Jerusalem, hvor Guds trone står.

Derfor beder jeg i Herrens navn om, at du ikke alene vil løbe mod Ny Jerusalem med samme slags tro og håb som apostelen Paulus, men at du også må lede mange sjæle til frelse ved at udsprede budskabet, selv om det skulle kræve dit liv.

Kapitel 3

Den syvårs bryllupsfest

1. Jesu genkomst og den syvårs bryllupsfest
2. Tusindårsriget
3. Himlen som belønning efter dommedag

*Salig og hellig er den
der har del i den første opstandelse;
dem har den anden død ingen magt over,
men de skal være Guds og Kristi præster
og være konger med ham i de tusind år.*

- Johannesåbenbaringen 20:6 -

Før man modtager sin belønning og begynder det evige liv i himlen, går man gennem den hvide trones dom. Og før dommedag vil Herrens anden komme, den syvårs bryllupsfest, Herrens genkomst på jorden og Tusindårsriget finde sted.

Alt dette har Gud forberedt til gavn for sine elskede børn, som har bevaret deres tro på denne jord for at lade dem få en forsmag på himlen.

De, som tror på Herrens anden komme og håber at møde ham, som er vores brudgom, vil derfor se frem til den syvårs bryllupsfest og Tusindårsriget. Guds ord, som er optegnet i Bibelen, er sandt, og alle profetierne bliver opfyldt i disse tider.

Man bør være en klog troende og gøre sit bedste for at forberede sig som hans brud: Man skal indse, at hvis man ikke vågner op og lever i overensstemmelse med Guds ord, så vil Herrens dag komme som en tyv, og man vil blive styrtet i døden!

Lad os se nærmere på de forunderlige ting, som Guds børn vil opleve, før de kommer i himlen, der er klar og smuk som krystal.

1. Jesu genkomst og den syvårs bryllupsfest

Apostelen Paulus skriver i Romerbrevet 10:9: *"For hvis du med din mund bekender, at Jesus er Herre, og i dit hjerte tror, at Gud har oprejst ham fra de døde, skal du frelses."* For at opnå frelse må man bekende, at Jesus er Frelseren, og også tro i sit hjerte, at han døde og genopstod fra de døde.

Hvis man ikke tror på Jesu genopstandelse, kan man ikke tro, at man selv vil genopstå ved Herrens genkomst. Man vil ikke engang være i stand til at tro på, at Herren vil komme tilbage. Hvis man ikke tror på eksistensen af himmel og helvede, så vil man ikke opnå styrke til at leve i overensstemmelse med Guds ord, og man vil ikke opnå frelse.

Det endelige mål med det kristne liv

Der står i Første Korintherbrev 15:19: *"Har vi alene i dette liv sat vores håb til Kristus, er vi de ynkværdigste af alle mennesker."* Gud børn går i kirke, deltager i gudstjenester, og tjener Herren på mange måder hver søndag til forskel fra de ikke-troende. For at leve i overensstemmelse med Guds ord, faster de ofte, og beder oprigtigt i Guds kirke tidlig morgen eller sen aften, selv om de til tider har brug for hvile.

De søger heller ikke egen vinding, men tjener andre og ofrer sig for Guds rige. Så hvis der ikke var nogen himmel, var de troende de ynkværdigste af alle mennesker. Men det er sikkert, at Herren kommer tilbage til jordet og tager os til himlen, og han forbereder smukke boliger til os. Han vil belønne os i overensstemmelse med, hvad vi har sået og gjort i denne verden.

Jesus siger i Matthæusevangeliet 16:27: *"For Menneskesønnen skal komme i sin faders herlighed sammen med sine engle, og da vil han gengælde enhver efter hans gerninger."* Det at gengælde enhver efter hans gerninger betyder ikke kun at komme i himlen eller helvede. Selv blandt de troende, som kommer i himlen, vil den belønning og herlighed, de vil modtage, afhænge af, hvordan de har levet i denne verden.

Nogle har svært ved at acceptere, eller frygter ligefrem, at

Herren snart kommer tilbage. Men hvis man i sandhed elsker Herren og håber på himlen, er det naturligt, at man længes og håber at møde Herren snart. Hvis man bekender med munden: "Jeg elsker dig, Herre," men ikke synes om, eller endda frygter, at Herren snart kommer tilbage, kan det ikke siges, at man i sandhed elsker Herren.

Man bør derfor modtage Herren, sin brudgom med glæde og i hjertet se frem til hans genkomst, mens man forbereder sig som hans brud.

Herrens anden komme i luften

Følgende står skrevet i Første Thessalonikerbrev 4:16-17: *"For Herren selv vil, når befalingen lyder, når ærkeenglen kalder og Gud basun gjalder, stige ned fra himlen, og de, der er døde i Kristus, skal opstå først. Så skal vi, der lever og endnu er her, rykkes bort i skyerne sammen med dem for at møde Herren i luften, og så skal vi altid være sammen med Herren."*

Når Herren kommer tilbage igen i luften, vil hvert af Guds børn forandres til en spirituel krop, og blive rykket op i luften for at modtage Herren. Der er nogle mennesker, som er døde, men som er blevet frelst inden deres død. Deres kroppe er blevet begravet, men deres ånder venter i Paradis. Vi henviser til sådanne mennesker som værende "hensovet i Herren." Deres ånd vil forenes med deres spirituelle kroppe, som er blevet forandret fra deres gamle, begravede kroppe. De vil blive fulgt af dem, som vil modtage Herren uden at se døden, forandres til spirituelle kroppe og blive rykket op i luften.

Gud holder bryllupsfest i luften

Når Herren kommer igen i luften, vil alle, som er blevet frelst siden skabelsen, modtage Herren som brudgom. På dette tidspunkt vil Gud holde den syvårs bryllupsfest for at glæde sine børn, som er blevet frelst gennem troen. De vil senere modtage belønninger for deres gerninger i himlen, men først afholder Gud en fest for at behage alle sine børn.

Hvad vil for eksempel en konge gøre, når en general vender hjem med stor triumf? Han vil give generalen mange belønninger for sin udmærkede tjeneste. Kongen vil måske give ham et hus, jord, penge og en fest som tak for tjenesten.

På samme måde giver Gud sine børn et sted at bo og belønninger i himlen efter dommedag, men før det giver han også sine børn en bryllupsfest, for at de kan have det godt og dele deres glæde. Selv om det er forskelligt, hvad de hver især har gjort for Guds rige i denne verden, holder han en fest for at fejre, at de er blevet frelst.

Hvor der så den "luft," hvor den syvårs bryllupsfest vil blive afholdt? Denne "luft" henviser ikke til den himmel, som er synlig med det blotte øje. Hvis "luften" var den himmel, man kan se med det blotte øje, ville alle dem, som var blevet frelst, svæve rundt i himlen. Desuden må der være så mange mennesker, som er blevet frelst siden skabelse, at der ikke ville være plads til dem alle i denne jords himmel.

Bryllupsfesten må for øvrigt planlægges og forberedes i detaljer, for Gud selv afholder den for at behage sine børn. Det sker på et sted, som Gud har forberedt gennem lang tid. Dette sted er den "luft," som Gud har beredt til den syvårs bryllupsfest, og den befinder sig i den Anden Himmel.

"Luften" hører til den Anden Himmel

Efeserbrevet 2:2 taler om den tid *"da I lod jer bestemme af denne verdens tidsalder og af ham, som hersker over luftens rige, den ånd, der stadig virker i ulydighedens børn."* Så "luften" er altså et sted, hvor onde ånder har autoritet.

Men det sted, hvor den syvårs bryllupsfest vil blive afholdt, og det sted, hvor de onde ånder eksisterer, er ikke det samme. Når ordet "luft" bruges, er det fordi de begge hører til den Anden Himmel. Men den Anden Himmel er ikke et enkelt sted, for det er inddelt i områder. Så det sted, hvor bryllupsfesten vil blive holdt, og stedet, hvor de onde onder opholder sig, er adskilt fra hinanden.

Gud lavede et nyt spirituelt rige med navnet den Anden Himmel ved at tage en del af det samlede spirituelle rige. Han inddelte det derefter i to områder. Det ene er Eden, som er et område i lyset, der tilhører Gud, og det andet område, som er i mørket, har Gud givet til de onde ånder.

Gud lavede Edens have i det østlige Eden, for at Adam kunne bo der indtil den menneskelige kultivering begyndte. Så tog Gud Adam og anbragte ham i denne have. Gud gav det mørke område til de onde ånder, og tillod dem at være der. Det mørke område og Eden er strengt adskilt.

Stedet for den syvårs bryllupsfest

Hvor vil den syvårs bryllupsfest så blive afholdt? Edens have er kun en del af Eden, og der er mange andre steder i Eden. Et af disse steder har Gud beredt til afholdelsen af den syvårs bryllupsfest.

Det sted, hvor den syvårs bryllupsfest vil blive afholdt, er meget smukkere end Edens have. Der er smukke blomster og træer. Lys i mange farver vil skinne klart, og en ubeskrivelig skønhed og ren natur omgiver stedet.

Stedet er så omfangsrigt, at alle dem, som er blevet frelst siden skabelsen, kan være sammen til festen. Der er et meget stort slot, og det er stort nok til at rumme alle, der er inviteret til festen. Festen vil blive afholdt i dette slot, og der vil være ubeskriveligt lykkelige øjeblikke. Nu vil jeg inviterer dig indenfor i slottet, hvor den syvårs bryllupsfest vil blive afholdt. Jeg håber, at du vil mærke lykken ved at være brud for Herren, som er festens æresgæst.

Man møder Herren på et lyst og smukt sted

Når man ankommer til festsalen, vil man se et rum fyldt med klare lys. Det er så strålende, at man aldrig har set noget lignende. Man vil føle det, som om kroppen er lettere end en fjer. Når man blødt lander på det grønne græs, er omgivelserne umiddelbart ikke til at se på grund af de frygtelig stærke lys. Man vil se himlen og en sø så klar og ren, at man fascineres. Krusningerne på søens vand skinner ligesom juveler, der udstråler deres smukke farver.

Til alle sider er der fuldt af blomster, og grønne skove omgiver hele området. Blomsterne vifter frem og tilbage, som om de vinkede, og man kan lugte en så fyldig, smuk og sød duft, at man aldrig har duftet noget lignende. Snart vil mangefarvede fugle komme og byde velkommen med deres sang. I søen, hvor vandet er så klart, at man kan se ting under overfladen, vil forunderligt smukke fisk stikke hovederne op og byde velkommen.

Selv græsset, som man står på, er så blødt som bomuld. Vinden får tøjet til blidt at omslutte kroppen. I dette øjeblik vil et stærkt lys komme ind i ens øjne, og man vil se en person stå midt i lyset.

Herren omfavner os og siger: "Min brud, jeg elsker dig"

Med et mildt smil på løberne kalder han os til sig med åbne arme. Når man kommer hen til ham, bliver hans ansigt klart synligt. Man ser hans ansigt for første gang, men man ved udmærket, hvem han er. Det er Herre Jesus, brudgommen, som vi elsker og har længtes efter at se. I dette øjeblik strømmer tårerne ned af ens kinder. Man kan ikke holde op med at græde, for man mindes om den tid, hvor man er blevet kultiveret på jorden.

Man står ansigt til ansigt med Herren, med hvis hjælp man har gennemgået selv de vanskeligste situationer i verden såsom forfølgelser og prøvelser. Herren kommer en i møde, omfavner en og siger: "Min brud, jeg har set frem til denne dag. Jeg elsker dig."

Når man hører dette, flyder der endnu flere tårer. Herren tørrer blidt tårerne væk og gør omfavnelsen tættere. Når man ser ham i øjnene, kan man mærke hans hjerte: "Jeg kender dig. Jeg kender dine tårer og smerter. Der vil kun være lykke og glæde."

Hvor lang tid har man ikke ventet på dette øjeblik? Når man er i hans arme, er man i fred, og glæden og overskuddet omgiver hele kroppen.

Så hører man den bløde, dybe og smukke lyd af lovsigelse. Herren tager ens hånd og fører til det sted, hvorfra lovsigelsen kommer.

Festsalen er fuld af farverige lys

Et øjeblik senere ser man et strålende og skinnende slot, som er smukt og storslået. Når man står foran porten til slottet, åbner den blidt, og det klare lys fra slottet strømmer ud. Man går ind i slottet sammen med Herren, og det er som om, man bliver tiltrukket af lyset. Man kommer ind i en sal, der er så stor, at man ikke kan se enden på den. Salen er dekoreret med smukke ornamenter og ting, og den er fuld af farverige og klare lys.

Lyden af lovsigelse bliver nu tydeligere, og den bevæger sig blidt rundt i salen. Endelig bekendtgøre Herren med rungende stemme, at bryllupsfesten begynder. Den syvårs bryllupsfest begynder, og det føles som om, det hele foregår i en drøm.

Kan du mærke lykken i dette øjeblik? Det er naturligvis ikke alle, der kommer til festen, som kan være sammen med Herren på denne måde. Kun dem, som er kvalificeret til at følge ham tæt og blive omfavnet af ham.

Derfor bør man forberede sig som brud, og tage del i den guddommelige natur. Men selv om ikke alle mennesker kan holde Herrens hånd, vil de føle den samme lykke og fylde.

Lykkelige øjeblikke med sang og dans

Når bryllupsfesten begynder, vil man synge og danse med Herren, og fejre Gud Faders navn. Man vil tale om tiden på jorden og om den himmel, hvor man skal bo. Man vil også tale om kærligheden til Gud Fader, og forherlige ham. Man kan have vidunderlige samtaler med mennesker, som man længe har ønsket at være sammen med.

Mens man nyder frugten, der smelter i munden, og drikker livets vand, der vælder ud fra Faderens trone, fortsætter festen. Man er dog ikke nødt til at være i slottet hele tiden i alle syv år. Fra tid til anden kan man gå ud af slottet og tilbringe behagelige stunder udenfor.

Hvilke glædelige aktiviteter og hændelser venter udenfor slottet? Man kan nyde den smukke natur og skabe venskaber med træer, blomster og fugle. Man kan spadsere på veje dekoreret med smukke blomster sammen med mennesker, man elsker; tale med dem og prise Herren med sang og dans. Der er også mange åbne pladser, hvor man kan nyde forskellige aktiviteter. Man kan for eksempel sejle på søen sammen med mennesker, man elsker, eller med Herren selv. Man kan svømme eller nyde de mange former for underholdning og lege. De mange ting, som giver dig en utænkelig glæde og fryd, er blevet forberedt med Guds detaljerede omsorg og kærlighed.

Under bryllupsfestens syv år vil der ikke blive slukket noget lys. Eden er naturligvis et lysfyldt område, og der er ingen nat. I Eden behøver man til forskel fra denne jord ikke sove eller hvile sig. Uanset hvor længe man fryder sig, bliver man aldrig træt. I stedet bliver man mere glad og lykkelig.

Derfor mærker man ikke tidens gang, og de syv år passerer, som var det syv dage eller endda syv timer. Selv om ens forældre, børn eller søskende ikke er blevet rykket op, og lider i den Store Prøvelse, går tiden så hurtigt med lykke og glæde, at man slet ikke tænker på dem.

Endnu mere taknemmelighed for frelsen

Folk i Edens have og gæsterne ved bryllupsfesten kan se hinanden, men de kan ikke komme og gå. De onde ånder kan også se bryllupsfesten, og man kan ligeledes se dem. De onde kan naturligvis slet ikke nærme sig feststedet, men man kan alligevel se dem. Ved synet af festen og gæsternes glæde vil de onde ånder lide stor smerte. For dem er det en ubærlig smerte ikke at have været i stand til at få endnu en person til helvede, men i stedet at måtte opgive folk som Guds børn.

Når man ser de onde ånder, bliver man mindet om, i hvor høj grad de forsøgte at fortære os mennesker som en brølende løve, mens vi blev kultiveret på denne jord.

Så bliver man endnu mere taknemmelig for Gud Faders nåde, for Herren og for Helligånden, som beskyttede mod mørkets magt og førte os til at blive Guds børn. Man bliver også endnu mere taknemmelig overfor de mennesker, som hjalp en med at gå livets vej.

Så den syvårs bryllupsfest er ikke kun en tid til at hvile og finde trøst for smerten ved at være blevet kultiveret på denne jord, men også en tid til at blive mindet om tiden på denne jord og være endnu mere taknemmelig for Guds kærlighed.

Man tænker også på det evige liv i himlen, som vil være endnu mere frydefuldt end den syvårs bryllupsfest. Lykken i himlen kan ikke sammenlignes med lykken ved den syvårs bryllupsfest.

Den syv år lange Prøvelse

Mens den lykkelige bryllupsfest bliver afholdt i luften, finder den syv år lange Prøvelse sted på denne jord. På grund af typen og størrelsen af den lange Prøvelse, som ikke ligner noget, der før er sket, vil meget af denne jord blive ødelagt, og de fleste mennesker, som er blevet tilbage, vil dø.

Nogle af dem vil naturligvis blive frelst ved det, der hedder "eftersankningsfrelsen." Der er mange, som vil blive tilbage på denne jord efter Herrens anden komme, fordi de slet ikke har troet, eller fordi de ikke har haft ordentlig tro. Men når de angrer under den syv år lange Prøvelse og bliver martyrer, kan de blive frelst. Dette kaldes "eftersankningsfrelsen."

Det er dog ikke nemt at blive martyr under den syv år lange Prøvelse. Selv om folk fra starten beslutter sig for at blive martyrer, vil de fleste ende med at fornægte Herren på grund af ondskabsfuld tortur og forfølgelse af antikrist, som tvinger dem til at modtage "666" mærket.

Folk modsætter sig normalt kraftigt at modtage dette mærke, for når først de har modtaget det, vil de tilhører Satan. Men det er slet ikke nemt at bære torturen, hvor folk bliver udsat for ekstreme smerter.

Selv om folk muligvis selv kan gennemgå torturen, er det endnu sværere at se ens elskede familie blive tortureret. Derfor er det meget svært at blive frelst ved denne "eftersankningsfrelse." Da folk ikke kan modtage hjælp fra Helligånden under denne tid, er det endnu mere vanskeligt at fastholde troen.

Derfor håber jeg, at ingen af læserne vil gennemgå den syv år lange Prøvelse. Grunden, til at jeg fortæller om den syv år lange Prøvelse, er at lade læseren vide, at disse hændelser ved tidens afslutninger optegnet i Bibelen, og vil foregå præcis, som der står. Nogle vil blive efterladt på denne jord, efter at Guds børn er blevet rykket op i luften. Mens de sande troende kommer op i luften og deltager i den syvårs bryllupsfest, vil den frygtelige Prøvelse finde sted på denne jord.

Martyrer opnår "eftersankningsfrelse"

Efter Herrens genkomst i luften vil der være nogle blandt de mennesker, som ikke er blevet rykket op i luften, der angrer deres ringe tro på Jesus Kristus.

De leders til "eftersankningsfrelsen" af Guds ord, som prædikes af kirken, der i høj grad viser gerninger af Guds kraft ved tidens afslutning. De lærer, hvordan de kan blive frelst, hvilke hændelser, der vil finde sted, og hvordan de bør reagere overfor verdens begivenheder, som er blevet profeteret gennem Guds ord.

Der er nogle mennesker, som for alvor angrer overfor Gud, og som bliver frelst ved at blive martyrer. Det er den såkaldte "eftersankningfrelse." Mellem disse mennesker er der naturligvis israelitter. De vil få kendskab til "Budskabet fra korset" og indse at Jesus, som de ikke har anerkendt som Messias, i sandhed er Guds søn og Frelseren af menneskeheden. Så vil de angre og få del i "eftersankningsfrelsen." De vil samles for at øge deres tro sammen, og nogle af dem vil blive bevidste om Guds hjerte, og bliver martyrer, der bliver frelst.

På denne måde forklarer skrifterne, at Guds ord ikke kun er hjælpsomt i forhold til at øge mange troendes tro, men at det også spiller en meget væsentlig rolle for dem, som ikke rykkes op i luften. Man må derfor anerkende Guds forunderlige kærlighed og nåde, som giver alt til dem, som vil blive frelst, selv efter Herrens andet komme i luften.

2. Tusindårsriget

Når brudene har afsluttet den syvårs bryllupsfest, vil de komme ned til denne jord og regere med Herren i tusind år (Johannesåbenbaringen 20:4). Når Herren kommer tilbage til jorden, vil han rense den. Først vil han rense luften, og så vil han gøre naturen smuk.

Besøg på den nyrensede jord

Ligesom nygifte ægtepar tager på bryllupsrejse, vil man tage på ture med Herren, brudgommen, under tusindårsriget efter den syvårs bryllupsfest. Hvor vil man mon ønske at tage hen?

Guds børn, Herrens brude, vil ønske at besøge denne jord, idet de snart skal forlade den. Gud vil flytte alle tingene i den første himmel såsom jorden, hvor den menneskelige kultivering fandt sted, solen og månen til et andet sted efter tusindårsriget.

Efter den syvårs bryllupsfest vil Gud Fader genoprette jorden smukt, og lade os regere den sammen med Herren i tusind år, før han flytter den. Dette er en proces, der allerede er planlagt i

Himlen I

Gud forsyn, da han skabte alle i himlen og på jorden i seks dage, og derefter hvilede på den syvende dag. Det sker blandt andet, for at man ikke skal være ked af at forlade jorden. Man vil nyde en dejlig tid som regent sammen med Herren i tusind år på den smukke, genoprettede jord. Når man besøger alle de steder, man ikke har besøgt, mens man levede på denne jord, vil man føle en lykke og glæde, som man ikke tidligere har følt.

At regere i tusind år

Under denne tid vil der ikke være nogen Satan eller djævel. Ligesom i Edens have vil der kun være fred og hvile i behagelige omgivelser. De, som bliver frelst vil sammen med Herren være på denne jord, men de lever ikke sammen med de kødelige mennesker, som har overlevet den store Prøvelse. De frelste mennesker og Herren vil leve på et adskilt sted såsom et kongeligt palads eller et slot. Med andre ord vil de spirituelle mennesker leve inden i slottet, og de kødelige udenfor, for de spirituelle kroppe og de kødelige kan ikke være på samme sted.

Spirituelle mennesker vil allerede være blevet forandret til spirituelle kroppe og have evigt liv. Så de kan leve af at lugte til blomsternes duft, men til tider kan de også spise med de kødelige mennesker, når de er sammen. Selv om de spiser, har de dog ikke afføring som kødelige mennesker. Når de spiser fysisk mad, opløses den i luften gennem vejrtrækningen.

De kødelige mennesker vil være optaget af at øge deres antal, for der er ikke mange overlevende efter den syv år lange Prøvelse. På dette tidspunkt vil der ikke være nogen sygdomme eller ondskab, for luften er ren, og den fjendtlige Satan og djævlen vil ikke være der. Den fjendtlige Satan og djævlen, som kontrollere ondskaben, er fanget i et bundløst dyb, Afgrunden, og det uretfærdige og onde i den menneskelige natur vil ikke have nogen indflydelse (Johannesåbenbaringen 20:3). Da der ikke er nogen død, vil jorden snart blive fyldt med mennesker igen.

Så hvad vil de kødelige mennesker spise? Da Adam og Eva levede i Edens have, spiste de kun frugter og frøbærende planter (Første Mosebog 1:29). Efter at Adam og Eva var ulydige overfor Gud og blev uddrevet af Edens have, begyndte de at spise markens planter (Første Mosebog 3:18). Efter Noas oversvømmelse blev verden mere ond, og Gud tillod menneskeheden at spise kød. Man vil se, at jo mere ord verden blev, jo mere ond blev også folks mad.

Under Tusindårsriget vil folk spise markens planter eller træernes frugter. Ligesom menneskene på Noas tid vil de ikke spise kød, for der vil ikke være nogen ondskab eller nogen slåen ihjel. Hele den menneskelige civilisation vil være blevet ødelagt af krigene under den store Prøvelse, så folk vil vende tilbage til et mere primitivt liv og øges i antal på denne jord, som Herren har genoprettet. De vil begynde forfra i den rene natur, som er fredfyldt og smuk.

Selv om de har oplevet en udviklet civilisation før den store Prøvelse, og har haft viden, kan nutidens moderne civilisation ikke opnås på få hundred år. Men som tiden går og folk samler visdom, vil de måske være i stand til at skabe en civilisation på det nuværende niveau ved slutningen af Tusindårsriget.

3. Himlen som belønning efter dommedag

Efter Tusindårsriget vil Gud for en kort tid frisætte den fjendtlige Satan og djævlen, som har været indespærret i Afgrunden, det bundløse dyb (Johannesåbenbaringen 20:1-3). Selv om Herren selv regerer over denne jord for at føre de kødelige mennesker, som overlever den store Prøvelse og deres efterkommere til den evige frelse, så er deres tro ikke sand. Så Gud lader den fjendtlige Satan og djævlen friste dem.

Mange kødelige mennesker vil blive narret af den fjendtlige djævel og gå destruktionens vej (Johannesåbenbaringen 20:8). Så vil Guds folk igen indse grunden til, at Gud måtte skabe helvede, og de vil forstå Guds store kærlighed, hvorigennem han ønsker at få sende børn gennem den menneskelige kultivering.

De onde ånder, som bliver sat fri i kort tid, vil igen blive kastet i det bundløse dyb, og dommen fra den hvide trone vil finde sted (Johannesåbenbaringen 20:12). Hvordan vil da denne dom blive udført?

Gud præsiderer over dommen fra den hvide trone

I juli 1982 fik jeg, mens jeg bad for at åbne en kirke, detaljeret viden om den store dom fra den hvide trone. Gud åbenbarede en scene for mig, hvor han dømmer alle og enhver. Foran Gud Faders trone står Herren og Moses, og rundt om tronen fungerer folk som jury.

Til forskel fra dommerne i denne verden er Gud perfekt og laver ingen fejl. Alligevel foretager han dommen sammen med Herren, der fungerer som kærlighedens advokat, Moses, der anklager med loven og andre mennesker som medlemmer af juryen. Johannesåbenbaringen 20:11-15 beskriver præcis, hvordan Gud vil dømme:

> *"Og jeg så en stor hvid trone og ham, der sad på den. For hans ansigt måtte både jord og himmel flygte, og der var ingen plads til dem. Og jeg så de døde, både store og små, stå foran tronen, og bøger blev åbnet, og en anden bog blev åbnet, det er livets bog, og de døde blev dømt efter deres gerninger ifølge det, der stod skrevet i bøgerne. Og havet gav sine døde tilbage, og døden og dødsriget dine døde, og de blev dømt, enhver efter sine gerninger. Døden og dødsriget blev styrtet i ildsøen. Det er den anden død, ildsøen. Og hvis nogen ikke fandtes indskrevet i livets bog, blev han styrtet i ildsøen."*

"Den store hvide trone" henviser her til tronen for Gud, som er dommer. Gud sidder på tronen, der er så lys, at den ser "hvid" ud, og han vil gennemføre den endelige dom med kærlighed og retfærdighed for at sende avnerne, men ikke hveden, til helvede.

Det er derfor, det kaldes den store dom fra den hvide trone. Gud vil dømme i overensstemmelse med "livets bog," hvori navnene på dem, som er frelst, er optegnet. Han vil desuden bruge andre bøger, som anfører hver enkelts gerninger.

De, som ikke er frelst, vil blive styrtet i helvede

Foran Guds trone er der ikke kun livets bøg, men også

andre bøger, hvori hver persons gerninger er optegnet, også de personer, som ikke tog imod Herren eller som ikke havde sand tro (Johannesåbenbaringen 20:12).

Fra det øjeblik, hvor folk bliver født, til det øjeblik, hvor Herren kalder deres ånd, vil hver enkelt gerning blive optegnet i disse bøger. For eksempel vil det blive optegnet af englenes hænder, hver gang vi udfører gode gerninger, bander af nogen, slår nogen eller bliver vrede på folk.

Ligesom man kan optegne eller bevare bestemte samtaler eller hændelser i lang tid gennem video-eller lydoptagelser, vil englene nedskrive og optegne alle situationer i bøgerne i himlen på den almægtige Guds befaling. Den store dom fra den hvide trone vil derfor finde sted uden nogen fejl. Hvordan vil dommen så blive udført?

De mennesker, som ikke er frelst, vil blive dømt først. Disse mennesker kan ikke dømmes foran Gud, for de er syndere. De vil blive dømt i Hades, som er ventestedet til helvede. Selv om de ikke kommer frem for Gud, vil dommen blive udført lige så nøjagtigt, som hvis den fandt sted foran Gud selv.

Blandt synderne vil Gud først dømme dem, som har de sværeste synder. Efter dommen af dem, som ikke er frelst, vil de alle blive styrtet i ildsøen eller søen af brændende svovl, og vil blive straffet til evig tid.

De frelste modtager belønninger i himlen

Efter at dommen af dem, som ikke er frelst, er blevet afsluttet, vil belønningen af de frelste følge. Som det loves i Johannesåbenbaringen 22:12: *"Ja, jeg kommer snart, og med*

mig min løn, for at gengælde enhver, som hans gerning er."
Boligerne og belønningerne i himlen vil således blive fordelt.
Dommen om belønning vil finde sted i fred foran Gud, for det er Guds børn, der skal dømmes. Dommen om belønning starter med dem, som vil få de største belønninger, og slutter med dem, som får de mindste, og så vil Guds børn komme til deres respektive boliger.

"Der skal ikke mere være nat, og de har ikke brug for lys fra lamper eller lys fra solen, for Herren Gud lyser for dem, og de skal være konger i evighedernes evigheder" (Johannesåbenbaringen 22:5).

Hvor er det lykkeligt, at vi har håb for himlen til trods for de mange lidelser og vanskeligheder i denne verden! I himlen vil vi leve til evig tid med Herren i ren lykke, og der vil ikke være nogen tårer, sorg, smerte, sygdom eller død.

Jeg har kun beskrevet den syvårs bryllupsfest og Tusindårsriget, hvor man vil herske sammen med Herren, ganske lidt. Når disse tider, som kun er en forsmag på livet i himlen, er så lykkelige, hvor meget gladere må livet så ikke være i himlen? Man bør derfor løbe mod den bolig og de belønninger, som forberedes til os i himlen indtil det øjeblik, hvor Herren kommer tilbage for at tage os med sig.

Hvorfor har vore forfædre i troen kæmpet så hårdt og lidt så meget for at gå den snævre vej til Herren i stedet for den lette vej til denne verden? De fastede og bad mange nætter for at skille sig af med deres synder og hellige sig fuldstændig, for de havde håb om himlen. Da de troede på Gud, som ville belønne dem i himlen i overensstemmelse med deres gerninger, forsøgte de energisk at være hellige, og at være betroede i hele Guds hus.

Derfor beder jeg i Herrens navn, at du ikke alene vil deltage i den syvårs bryllupsfest og være i Herrens arme, men at du også vil bo tæt på Guds trone i himlen ved at gøre dit bedste med indtrængende håb om himlen.

Kapitel 4

Himlens hemmeligheder som har været skjult siden skabelsen

1. Himlens hemmeligheder har været åbenbaret siden Jesu tid
2. Himlens hemmeligheder afsløres ved tidens afslutning
3. I min faders hus er der mange boliger

Hij antwoordde hun en zeide:
Han svarede dem
"Jer er det givet at kende
Himmerigets hemmeligheder,
men de andre er det ikke givet.
For den, der har, til ham skal der gives,
og han skal have i overflod;
men den, der ikke har,
fra ham skal selv det tages, som han har.
Derfor taler jeg til dem i lignelser,
fordi de ser og dog ikke ser,
og hører og dog ikke hører
og heller intet fatter."

Alt dette sagde Jesus i lignelser til skarerne,
og han talte intet til dem undtagen i lignelser,
for at det skulle opfyldes,
som er talt ved profeten, der siger:
"Jeg vil åbne min mund med lignelser
Jeg vil fremføre det, der har været skjult
siden verden blev grundlagt."

- Matthæusevangeliet 13:11-12, 34-35 -

En dag, hvor Jesus sad ved søen, var der mange mennesker samlet. Jesus fortale dem mange ting i lignelser, og Jesu disciple spurgte ham: *"Hvorfor taler du til dem i lignelser?"* Jesus svarede dem:

> *"Jer der det givet at kende Himmerigets hemmeligheder, men de andre er det ikke givet. For dem, der har, til ham skal der gives, og han skal have i overflod; men den, der ikke har, fra ham skal selv det tages, som han har. Derfor taler jeg til dem i lignelser, fordi de ser og dog ikke ser, og hører og dog ikke hører og heller intet fatter. På dem opfyldes den profeti af Esajas, der siger: I skal høre og høre, men intet fatte I skal se og se, men intet forstå For dette folks hjerte er dækket med fedt, og med ørerne hører de tungt, og deres øjne har de lukket til, for at de ikke skal se med øjnene, høre med ørerne og fatte med hjertet og vende om, så jeg må helbrede dem Salige er jeres øjne, fordi de ser, og jeres ører, fordi de hører. For sandelig siger jeg jer: Mange profeter og retfærdige har længtes efter at se det, I ser, og fik det ikke at se, og høre det, I hører, og fik det ikke at høre"* (Matthæusevangeliet 13:11-17).

Som Jesus sagde, var der mange profeter og retfærdige, som ikke kunne se og høre himmerigets hemmeligheder, selv om de længtes efter at se og høre dem.

Men da Jesus, som er selve Guds natur, kom ned til denne jord (Filipperbrevet 2:6-8), blev det tilladt af afsløre himlens hemmeligheder for hans disciple.

Som der står skrevet i Matthæusevangeliet 13:35: *"For at det skulle opfyldes, som er talt ved profeten, der siger: Jeg vil åbne min mund med lignelser, jeg vil fremføre det, der har været skjult, siden verden blev grundlagt."* Jesus talte i lignelser for at opfylde det, der var skrevet i skrifterne.

1. Himlens hemmeligheder har været åbenbaret siden Jesu tid

I Matthæusevangeliet 13 er der mange lignelser om himlen. Det skyldes, at man ikke kan forstå og indse himlens hemmeligheder uden lignelser, selv om man læser Bibelen mange gange.

"Himmeriget ligner en mand, der såede god sæd i sin mark" (vers 24).

"Himmeriget ligner et sennepsfrø, som en mand tog og såede på sin mark. Det er mindre end alle andre frø, men når det vokser op, er det større end alle andre planter og bliver et helt træ, så himlens fugle kommer og bygger rede i dets grene" (vers 31-32).

"Himmeriget ligner en surdej, som en kvinde tog og kom i tre mål hvedemel, til det hele var gennemsyret" (vers 33).

"Himmeriget ligner en skat, der lå skjult på en mark; en mand fandt den, men holdt den skjult, og i sin glæde går han hen og sælger alt, hvad han ejer, og køber den mark" (vers 44).

"Igen: Himmeriget ligner en købmand, der søgte efter smukke perler; og da han fandt én særlig kostbar perle, gik han hen og solgte alt, hvad han ejede, og købte den" (vers 45-46).

"Igen: Himmeriget ligner et vod, der blev kastet i søen og samlede fisk af enhver art; da det var fuldt, trak de det op på bredden og satte sig og samlede de gode i tønder og kastede de dårlige ud" (vers 47-48).

Jesus prædikede om himlen, som er i det spirituelle rige, gennem lignelser. Da himlen er i det usynlige spirituelle rige, kan man kun fatte den gennem lignelser.

For at få evigt liv i himlen, må man leve et ordentligt liv i troen og vide, hvordan man opnår himlen; hvilken type mennesker, der vil komme ind; og hvornår dette vil blive opfyldt.

Hvad er det endelige mål med at gå i kirke og leve et liv i troen? Det er at blive frelst og at komme i himlen. Men hvor vil det være trist, hvis man ikke kan komme i himlen, selv om man har gået i kirke i lang tid!

Selv på Jesu tid var der mange mennesker, som adlød loven og bekendte deres tro på Gud, men som ikke var kvalificerede til at blive frelst og komme i himlen. I Matthæusevangeliet 3:2 siger Johannes Døberen af denne grund: *"Omvend jer, for*

Himmeriget er kommet nær!" og han baner dermed vejen for Herren. I Matthæusevangeliet 3:11-12 fortæller han folk, at Jesus er Frelseren og Herren for den store dom: *"Jeg døber jer med vand til omvendelse; men han, som kommer efter mig, er stærkere end jeg, og jeg er ikke værdig til at bære på hans sko. Han skal døbe jer med Helligånden og ild. Han har sin kasteskovl i hånden, og han skal rydde sin tærskeplads og samle sin hvede i lade, men avnerne skal han brænde i en ild, der aldrig slukkes."*

Ikke desto mindre var israelitterne på den tid ikke i stand til at genkende han som deres Frelser, og de korsfæstede ham endda. Hvor er det trist, at de selv i dag stadig venter på Messias!

Himlens hemmeligheder afsløret for apostelen Paulus

Selv om apostelen Paulus ikke var en af Jesu oprindelige tolv disciple, stod han ikke tilbage for nogen med hensyn til at vidne om Jesus Kristus. Før Paulus mødte Herren, havde han været farisæer, som strengt havde overholdt loven og de ældstes tradition, og som jøde med romersk borgerskab siden fødslen tog han del i forfølgelsen af de første kristne.

Men efter at han mødte Herren på vej til Damaskus, ændrede Paulus mening og førte mange mennesker til frelse ved at koncentrere sig om forkyndelsen for ikke-jøderne.

Gud vidste, at Paulus ville lide megen smerte og forfølgelse, mens han prædikede budskabet. Derfor afslørede han forunderlige hemmeligheder om himlen for Paulus, sådan at han ville løbe mod målet (Filipperbrevet 3:12-14). Gud lod ham prædike budskabet med største glæde og med håb for himlen.

Hvis man læser Paulus' epistler, vil man se, at han skrev fuld af Helligåndens inspiration om Herrens genkomst, de troende der blev rykket op i luften, deres bolig i himlen, himlens herlighed, de evige belønninger og kroner, Melkisedek den evige præst og Jesus Kristus.

I andet Korintherbrev 12:1-2 deler Paulus sin spirituelle oplevelse med kirken i Korinth, som han havde grundlagt, men som ikke levede i overensstemmelse med Guds ord.

"Stolt vil jeg være, selv om det ikke nytter, og nu kommer jeg til syner og åbenbaringer fra Herren. Jeg kender et menneske i Kristus, som for fjorten år siden – om det var i legemet eller uden for legemet, ved jeg ikke, Gud ved det – blev rykket bort til den tredje himmel. Og jeg ved om dette menneske – om det var i legemet eller uden for legemet, ved jeg ikke, Gud ved det – at det blev rykket bort til Paradis og hørte uudsigelige ord, som et menneske ikke må udtale."

Gud udvalgte apostelen Paulus til at forkynde for ikke-jøderne, raffinerede ham med ild og gav ham visioner og åbenbaringer. Gud førte ham til at overvinde alle vanskeligheder med kærlighed, tro og håb om himlen. For eksempel bekræfter Paulus, at han var blevet ført til Paradis i den tredje himmel og hørte himlens hemmeligheder fjorten år tidligere, men disse ting var så forunderlige, at mennesket ikke må fortælle om dem.

En apostel er et menneske, som bliver kaldt af Gud og som

fuldstændig adlyder hans vilje. Ikke desto mindre var der nogle mennesker blandt medlemmerne af kirken i Korinth, som blev vildledt af falske lærere og dømte apostelen Paulus.

Så Paulus forklarede de vanskeligheder, han havde gennemgået for Herren og delte sin spirituelle oplevelse med korintherne for at føre dem til at blive smukke brude for Herren, som handlede i overensstemmelse med Guds ord. Han gjorde det ikke for at prale af sin spirituelle oplevelse, men kun for at opbygge og styrke Kristi kirke ved at forsvare og bekræfte sig som apostel.

Man må her forstå, at visioner og åbenbaringer fra Herren kun kan gives til dem, som er passende i Guds øjne. Man må ikke være som medlemmerne af kirken i Korinth, som blev vildledt af falske lærere og dømte Paulus. I stedet bør man undlade at dømme nogen, som arbejder for at udvide Guds rige, som frelser mange mennesker, og som er anerkendte af Gud.

Himlens hemmeligheder blev vist til apostelen Johannes

Apostelen Johannes var en af de tolv disciple, og Jesus elskede ham højt. Jesus kaldte ham ikke kun discipel, men nærede ham også spirituelt, sådan at han kunne tjene sin lærer på nært hold. Han havde haft et så dårligt temperament, at han blev kaldt "tordensønnen," men efter at han blev transformeret af Guds kraft, blev han kærlighedens apostel. Johannes fulgte Jesus, og søgte himlens herlighed. Han var også den eneste af disciplene, som hørte de sidste syv ord, som Jesus udtalt fra korset. Han var trofast overfor sin pligt som apostel, og blev en stor mand i himlen. Som resultat af alvorlige forfølgelser af kristendommen i det romerske imperium, blev Johannes smidt i kogende olie, men døde ikke af dette, og blev sat i eksil på øen Patmos. Der kommunikerede han dybt med Gud og skrev sin åbenbaring, som er fuld af himlens hemmeligheder.

Johannes skrev om mange spirituelle ting såsom Guds og Lammets trone i himlen, tilbedelsen i himlen, de fire levende væsener ved Guds trone, den syv år lange prøvelse og englenes rolle, Lammets bryllupsfest og Tusindårsriget, den store dom fra den hvide trone, helvede, Ny Jerusalem i himlen og det bundløse dyb Afgrunden.

Det er derfor apostelen Johannes siger i Johannesåbenbaringen 1:1-3 at bogen er skrevet gennem åbenbaringer og visioner fra Herren, og han skriver alt ned, fordi det nedskrevne snart vil finde sted.

> *"Jesu Kristi åbenbaring, som Gud gav ham for at vise sine tjenere, hvad der snart skal ske, og som han kundgjorde og sendte med sin engel til sin tjener Johannes, der hermed bevidner Guds ord og Jesu Kristi vidnesbyrd, alt det, han har set. Salig er den, som læser op, og de, som hører profetiens ord og holder fast ved det, der står skrevet i den; for tiden er nær."*

Frasen "tiden er nær" betyder at tiden for Herrens genkomst er nær. Derfor er det meget vigtigt at have de rette kvalifikationer til at komme i himlen ved at blive frelst ved troen.

Selv om man går i kirke hver uge, kan man ikke blive frelst, hvis ikke man har tro med gerninger. Jesus siger: *"Ikke enhver, som siger: Herre, Herre! til mig, skal komme ind i Himmeriget, men kun den, der gør min himmelske faders vilje"* (Matthæusevangeliet 7:21). Så hvis man ikke handler i overensstemmelse med Gud ord, er det åbenlyst, at man ikke kan komme i himlen.

Derfor forklarer apostelen Johannes detaljeret de hændelser og profetier, som vil finde sted og blive opfyldt snart fra Johannesåbenbaringen 4 og videre, og konkludere, at Herren kommer tilbage, og at man må vaske sine klæder.

"Ja, jeg kommer snart, og med mig min løn, for at gengælde enhver, som hans gerning er. Jeg er Alfa og Omega, for første og den sidste, begyndelsen og enden. Salige er de, der har vasket deres klæder, så de får ret til livets træ og går gennem portene ind i byen" (Johannesåbenbaringen 22:12-14).

Spirituelt set står klæder for hjerte og handling. At vaske klæder henviser til at angre sine synder og forsøge at leve i overensstemmelse med Guds vilje.

Så i den udstrækning, man lever efter Guds ord, vil man gå gennem portene indtil man kommer ind i den smukkeste del af himlen, Ny Jerusalem.

Man må derfor indse, at jo mere ens tro vokser, jo bedre vil ens bolig i himlen være.

2. Himlens hemmeligheder afsløres ved tidens afslutning

Lad os dykke ned i de af himlens hemmeligheder, som er blevet afsløret og skal bære frugt ved tidens afslutning gennem Jesu lignelser i Matthæusevangeliet 13.

Han vil skille de onde fra de retfærdige

I Matthæusevangeliet 13:47-50 siger Jesus, at himmeriget er ligesom et vod, der bliver kastet i søen og samler fisk af enhver art. Hvad betyder dette?

"Igen: Himmeriget ligner et vod, der blev kastet i søen og samlede fisk af enhver art; da det var fuldt, trak de det op på bredden og satte sig og samlede de gode i tønder og kastede de dårlige ud. Således skal det gå ved verdens ende: Englene skal gå ud og skille de onde fra de retfærdige og kaste dem i ovnen med ild. Dér skal være gråd og tænderskæren."

"Søen" henviser her til verden, "fiskene" er alle de troende, og fiskeren som kastede sit vod i søen og fangede fisk er Gud. Hvad betyder det da, at Gud kaster sit vod, trækker det op, når det er fuldt, og samler de gode fisk i tønder, mens han smider de dårlige ud? Dette er en måde til at forklare, at når tidens ende kommer, vil englene komme og samle de retfærdige, som skal i himlen, og kaste de onde i helvede.

I dag er der mange mennesker, der tror, at de vil komme i

himmeriget, hvis bare de tager imod Jesus Kristus. Jesus siger dog klart: *"Englene vil gå ud og skille de onde fra de retfærdige, og kaste dem i ovnen med ild."* "De retfærdige" henviser her til dem, som kaldes retfærdige ved at tro på Jesus Kristus i deres hjertet og vise deres tro i handling. Man er ikke retfærdig, alene fordi man kender Guds ord, men først når man adlyder hans befaling og handler i overensstemmelse med hans vilje (Matthæusevangeliet 7:21).

I Bibelen er der påbud i form af "gør," "gør ikke," "overhold" og "skil dig af med." Kun de mennesker, der lever i overensstemmelse med Guds ord er retfærdige, og anses for at have spirituel, levende tro. Der er mennesker, som siges generelt at være retfærdige, men de kan kun kategoriseres som retfærdige af mennesker, ikke i Guds øjne. Derfor bør man være i stand til at kende forskel på retfærdighed for mennesker og retfærdighed for Gud, og man bør sørge for at blive retfærdig for Gud.

Hvis for eksempel et menneske, der anser sig selv for retfærdig, stjæler, hvem vil så acceptere ham som retfærdig? Hvis de, der kalder sig selv for "Guds børn," begår synder og undlader at leve efter Guds ord, kan de ikke kaldes retfærdige. Denne slags mennesker er blandt de onde.

De himmelske kroppe har hver sin glans

Hvis man acceptere Jesus Kristus og lever i overensstemmelse med Guds ord, vil man skinne som en sol i himlen. Apostelen Paulus skriver detaljeret om himlens hemmeligheder i Første Korintherbrev 15:40-41:

"Der findes både himmelske legemer og jordiske legemer; men de himmelske har én slags glans, de jordiske en anden. Solen og månen og stjernerne har hver sin glans, og stjerne adskiller sig fra stjerne i glans."

Da man kun kan opnå himlen med tro, er det forståeligt, at himlens herlighed vil være forskellige alt efter målet af ens tro. Det er derfor solen, månen og stjernerne adskiller sig med hensyn til glans – selv indbyrdes stjernerne imellem.

Lad os se på en anden af himlens hemmeligheder gennem lignelsen om sennepsfrøet i Matthæusevangeliet 13:31-32.

Han [Jesus] fortalte dem en anden lignelse: "Himmeriget ligner et sennepsfrø, som en mand tog og såede i sin mark. Det er mindre end alle andre frø, men når det vokser op, er det større end alle andre planter og bliver et helt træ, så himlens fugle kommer og bygger rede i dets grene."

Et sennepsfrø er på størrelse med den plet, som en kuglepen sætter. Selv dette lille frø vil vokse og blive et stort træ, så luftens fugle kan komme og bygge rede. Hvad ønskede Jesus at lære os med denne lignelse om sennepsfrøet? Det, der skal læres, er at himlen kun opnås med tro, og at der er forskellige mål af tro. Så selv om man har "lille" tro nu, kan man øge den til den "stor" tro.

Selv troen så lille som et sennepsfrø

Jesus siger i Matthæusevangeliet 17:20: *"Fordi I har så lille en tro. Sandelig siger jeg jer: Har I en tro som et sennepsfrø, kan I sige til dette bjerg: Flyt dig herfra og derhen! Og det vil flytte sig. Og intet vil være umuligt for jer."* Som svar på disciplenes forespørgsel om at Jesus skulle øge deres tro, svarede han: *"Havde I en tro som et sennepsfrø, kunne I sige til dette morbærtræ: Ryk dig op med rode og plant dig i havet! Og det ville adlyde jer"* (Lukasevangeliet 17:5-6).

Hvad er da den spirituelle betydning af disse vers? De betyder, at når troen så lille som et sennepsfrø vokser og bliver en stor tro, så vil intet være umuligt. Når man tager imod Jesus Kristus, får man en tro på størrelse med et sennepsfrø. Sår man denne sæd i sit hjerter, vil den spire. Når troen vokser sig så stor som et træ, hvor mange fugle kan bygge rede, vil man opleve gerninger af Guds kraft, som også Jesus udførte, såsom at de blinde kommer til at se, de døve kommer til at høre, de stumme kommer til at tale og de døde bliver genoplivet.

Hvis man tror, at man har tro, men ikke kan vise gerninger af Guds kraft, og har problemer i sin familie eller på sit arbejde, så er det fordi troen stadig er så lille som et sennepsfrø, og endnu ikke har vokset sig så stor som et træ.

Den spirituelle tros vækstproces

I Første Johannesbrev 2:12-14 forklarer apostelen Johannes kortfattet væksten i spirituel tro.

"Jeg skriver til jeg, børn: Jeres synder er tilgivet jer for hans navns skyld. Jeg skriver til jer, fædre, I kender ham, som har været fra begyndelsen. Jeg skriver til jer, I unge: I har overvundet den Onde. Jeg skriver til jer, børn: I kender Faderen. Jeg skriver til jer, fædre: I kender ham, som har været fra begyndelsen. Jeg skriver til jer, I unge: I er stærke, Guds ord bliver I jer, og I har overvundet den Onde."

Man må indse, at troens vækst er en proces. Man bør udvikle sin tro og have tro som fædre, hvor man kende Gud, der har været siden før tidens begyndelse. Man bør ikke være tilfreds med børnenes niveau af tro, hvor synder tilgives gennem Jesus Kristus.

Jesus siger også i Matthæusevangeliet 13:33: *"Himmeriget ligner en surdej, som en kvinde tog og kom i tre mål hvedemel, indtil det hele var gennemsyret."*

Man bør dermed forstå, at troens vækst fra at være på størrelse med et sennepsfrø til at blive en stor tro, kan opnås med samme hastighed som surdejen arbejder i dejen. Som der står i Første Korintherbrev 12:9, så er tro en spirituel gave, der gives af Gud.

Himlen købes med alt, hvad man har

Man må gøre en reel indsats for at opnå himlen, for himlen kan kun nås med tro, og troens vækst er en proces. Selv i denne verden må man stræbe hårdt for at opnå velstand og berømmelse, for ikke alt tale om at tjene nok penge til f.eks. at købe et hus. Man gør, hvad man kan, for at købe og beholde disse ting, men man kan ikke holde fast på nogen af dem til evig tid. Hvor meget mere bør man så ikke forsøge at opnå herligheden og en bolig i himlen, som man kan beholde i evig tid?

Jesus siger i Matthæusevangeliet 13:44: *"Himmeriget ligner en skat, der lå skjult på en mark; en mand fandt den, men holdt den skjult, og i sin glæde går han hen og sælger alt, hvad han ejer, og køber den mark."* Og han fortsætter i Matthæusevangeliet 13:45-46: *"Igen: Himmeriget ligner en købmand, der søgte efter smukke perler, og da han fandt én særlig kostbar perle, gik han hen og solgte alt, hvad han ejede, og købte den."*

Hvilke hemmeligheder om himlen bliver afsløret gennem lignelserne om den skjulte skat og den smukke perle? Jesus fortalte normalt lignelser med objekter, som kan kendes fra hverdagslivet. Lad os først se på lignelsen om den skjulte skat.

Der var en fattig bonde, som levede af den dagløn, han tjente. En dag tog han på arbejde hos en af sine naboer. Bonden fik at vide, at jorden var ufrugtbar, fordi den ikke var blevet brugt i så lang tid, men naboen ville plante nogle frugttræer der, for ikke at lade jorden gå til spilde. Bonden gik med til at udføre arbejdet. Han ryddede jorden, og en dag mærkede han noget hårdt ved skovlens ende. Han forsatte med at grave, og fandt en skat i jorden. Bonden begyndte at tænke over, hvordan han kunne få fat i skatten. Han besluttede sig for at købe jorden, hvor skatten lå gemt, og da jorden var ufrugtbar og bare stod hen, tænkte bonden at ejeren nok ville sælge den uden meget besvær.

Bonden tog hjem, ordnede sine ejendele, og begyndte at sælge alt, hvad han havde. Det ærgrede ham dog ikke at sælge disse ting, for han havde opdaget skatten, som var langt mere værd end de ting, han ejede.

Lignelsen om den skjulte skat

Hvad er det, man bør lære gennem lignelsen om den skjulte skat? Jeg håber, at du vil forstå den himmelske hemmelighed ved at se nærmere på fire aspekter af denne lignelse.

For det første står marken for hjertet og skatten står for himlen. Det betyder at himlen, ligesom skatten, ligger gemt i ens hjerte.

Gud skabte mennesket med en ånd, en sjæl og en krop. Ånden bør være hersker for mennesket, og kommunikere med Gud. Sjælen skal adlyde ånden befalinger, og kroppen er bolig for ånd og sjæl. Derfor var mennesket tidligere en levende ånd, som der står i Første Mosebog 2:7.

Siden det tidspunkt, hvor det første menneske Adam begik ulydighedens synd, har ånden, som er menneskets hersker, dog været død, og sjælen har overtaget rollen som hersker. Folk er dermed begyndt at synde mere og må gå dødens vej, for de kan ikke længere kommunikere med Gud. De er nu blevet sjælelige mennesker, som er under den fjendtlige Satan og djævlens kontrol.

Derfor har kærlighedens Gud sendt sin enbårne søn til denne verden og ladet ham korsfæste og udgyde sit blod som udsonende offer for at udløse hele menneskeheden fra deres synder. På grund af dette er vejen til frelse blevet åbnet, for at vi kan blive børn af den hellige Gud og kommunikere med ham igen.

Hvem som helst der tager imod Jesus Kristus som sin personlige frelser vil modtage Helligånden, og hans ånd vil leve. Han vil også modtage retten til at blive Guds barn og glæden vil fylde hans hjerte.

Det betyder, at ånden vil begynde at kommunikere med Gud og kontrollere sjælen og kroppen igen som hersker for mennesket. Det betyder også, at vedkommende vil frygte Gud og adlyde hans ord, samt udføre sin tildelte pligt.

Derfor er åndens genopvækkelse ligesom at finde en skat, der er skjult i en mark. Himlen er ligesom skatten, der er skjult, for den er netop nu tilstede i dit hjerte.

For det andet: Manden, der finder skatten på marken og glæder sig, henviser til, at hvis man tager imod Jesus Kristus og får Helligånden, så vil den døde ånd genoplives, og man vil indse, at man har himlen i sit hjerte, og glæde sig.

Jesus siger i Matthæusevangeliet 11:12: *"Fra Johannes Døberens dage indtil nu er Himmeriget blevet stormet, og de fremstormende river det til sig."* Apostelen Johannes skriver også i Johannesåbenbaringen 22:14: *"Salige er de, der har vasket deres klæder, så de får ret til livets træ, og går gennem portene ind i byen."*

Det, man kan lære af dette er, at ikke alle, som har taget imod Jesus Kristus vil komme til den samme bolig i Himmeriget. Jo mere, man ligner Herren og bliver sandfærdig, jo smukkere en bolig vil man få i himlen.

De, som elsker Gud og håber på himlen, vil handle i overensstemmelse med Guds ord i alle forhold og ligne Herren ved at skille sig af med deres ondskab.

Man besidder Himmeriget i den udstrækning man fylder sit hjerte med himlen, hvor der kun er godhed og sandhed. Selv på denne jord kan man være fyldt af glæde, når man indser, at man har himlen i sit hjerte.

Denne form for glæde vil man opleve første gang, man møder Jesus Kristus. Hvis man tidligere gik på dødens vej, men nu har opnået sandt liv og den evige himmel gennem Jesus Kristus, hvor vil man så være glad! Man vil også være taknemmelig for at kunne tro på himmeriget i hjertet. På denne måde henviser glæden hos den mand, der finder en skjult skat, til glæden ved at tage imod Jesus Kristus og have himmeriget i sit hjerte.

For det tredje: At skatten skjules igen efter at den er blevet fundet henviser til, at den døde ånd genoplives, og at man ønsker at leve efter Guds vilje, men at man har svært ved at gennemføre sin beslutning, fordi man endnu ikke har modtaget kraften til at leve efter Guds ord.

Bonden kunne ikke straks gave skatten op, da han fandt den. Han måtte først sælge sine ejendele og købe marken. På samme måde ved man, at der er en himmel og et helvede, og at man kan komme i himlen, når man tager imod Jesus Kristus, men man kan ikke omsætte det til handling med det samme, man hører Guds ord.

Da man tidligere har levet et uretfærdigt liv, som har trodset

Guds ord, vil der være megen uretfærdighed i ens hjerte. Hvis man ikke skiller sig af med al uretfærdighed i sit hjerte, men alligevel bekender sin tro på Gud, vil Satan fortsat føre en ind i mørket, sådan at man ikke kan leve i overensstemmelse med Gud ord. Ligesom bonden købte marken, efter at han havde solgt alt, hvad han havde, kan man først finde skatten i sit hjerte, når man forsøger at skille sig af med det usande sind og have et sandt hjerte, sådan som Gud ønsker.

Man må derfor følge sandheden, som er Guds ord, ved at stole på Gud og bede flittigt. Først da vil det usande blive kastet bort, og man vil modtage kraften til at handle og leve i overensstemmelse med Guds ord. Man bør huske på, at himlen kun er for denne slags mennesker.

For det fjerde betyder det at sælge alt, hvad man har, at man må skille sig af med alt det usande, som hører til sjælen, før den døde ånd kan genoplives og blive hersker for mennesket.

Når den døde ånd genoplives, indser man, at der er en himmel. Man bør opnå himlen ved at destruere alle usande tanker, som hører til sjælen og beherskes af Satan, og man bør lade sin tro ledsage af handlinger. Det er det samme princip, som at en kylling må bryde gennem æggeskallen for at komme ud i verden.

Derfor må man skille sig af med alle kødets handlinger og lyster, hvis man fuldt ud vil opnå himlen. Desuden bør man blive en person med en fuldstændig ånd, som efterligner Herrens guddommelige natur (Første Thessalonikerbrev 5:23).

Kødets handlinger er ondskabens legemliggørelse i hjertet, og resulterer i gerninger. Kødets lyster henviser til al syndefuld natur, som kan resultere i handlinger til enhver tid, selv om dette endnu ikke er sket. Hvis man for eksempel har had i sit hjerte, er det kødets lyst, og hvis hadet resulterer i gerninger som for eksempel at slå et andet menneske, så er det kødets gerning.

Galaterbrevet 5:19-21 slår dette fast: *"Kødets gerninger er velkendte: utugt, udsvævelse, afgudsdyrkelse, trolddom, fjendskaber, kiv, misundelse, hidsighed, selviskhed, splid, kliker, nid, drukkenskab, svir og mere af samme slags. Jeg siger jer på forhånd, som jeg før har sagt, at de, der giver sig af med den salgs, ikke skal arve Guds rige."*

Romerbrevet 13:13-14 fortæller os også: *"Lad so leve sømmeligt, som det hører dagen til, ikke i svir og druk, ikke løsagtigt og udsvævende, ikke i kiv og misundelse, men iklæd jer Herren Jesus Kristus, og vær ikke optaget af det kødelige, så det vækker begær."* Og i Romerbrevet 8:5 står der: *"De kødelige vil det kødelige, og de åndelige vil det åndelige."*

At sælge alt, hvad man har, betyder derfor at udrydde al usandhed fra sjælen og skille sig af med kødets handlinger og lyster, som er forkerte ifølge Guds ord, samt med alle andre ting, som man har elsket mere end Gud.

Hvis man på denne måde skiller sig af med alle sine synder og sin ondskab, vil ånden blive genoplivet mere og mere, og man kan leve i overensstemmelse med Guds ord og følge Helligåndens ønsker. Endelig vil man blive et åndeligt menneske og blive i stand til at opnå Herrens guddommelige natur (Filipperbrevet 2:5-8).

Himlen indehaves i den grad, den opnås i hjertet

Et menneske, som besidder himlen med tro, sælger alt hvad han har ved at skille sig af med al ondskab og opnå himlen i sit hjerte. Ved Herrens genkomst vil den himmel, der har været som en skygge, blive en realitet, og vedkommende vil få den evige himmel. Et menneske, som besidder himlen, er et rigt menneske, hvis han skiller sig af med alt i denne verden. Den som ikke besidder himlen, er en fattig person, som reelt ikke har noget, selv om han har alt i denne verden. Det skyldes, at alt, man har brug for, er i Jesus Kristus, og alt uden for Jesus Kristus er værdiløst, for efter døden venter kun den evige dom.

Det var derfor, Matthæus opgav sit arbejde og fulgte Jesus. Det var derfor Peter opgav sin båd og sit net og fulgte Jesus. Selv apostelen Paulus anså alt, hvad han havde, for skrammel, efter at han havde taget imod Jesus Kristus. Når alle disse apostle var i stand til at gøre dette, skyldes det, at de ønskede at finde skatten, som er mere værd end noget andet i verden, og grave den op.

På samme måde bør vi vise vores tro i handling ved at adlyde det sande ord og skille os af med alt det usande, der er imod Gud. Man skal opnå himmeriget i sit hjerte ved at sælge alt det usande såsom stædighed, stolthed og hovmod, som man tidligere har anset for værdier i sit hjerte.

Man bør ikke interessere sig for ting i denne verden, men sælge alt, hvad man har, for at opnå himlen i sit hjerte og arve det evige himmerige.

3. I min faders hus er der mange boliger

I Johannesevangeliet 14:1-3 kan man se, at der er mange boliger i himlen, og Jesus Kristus gør pladser rede i himlen.

"Jeres hjerte må ikke forfærdes! Tro på Gud, og tro på mig! I min faders hus er der mange boliger; hvis ikke, ville jeg så have sagt, at jeg går bort for at gøre en plads rede for jer? Og når jeg er gået bort og har gjort en plads rede for jer, kommer jeg igen og tager jer til mig, for at også I skal være, hvor jeg er."

Herren gik bort for at gøre en plads rede i himlen

Jesus fortalte sine disciple om de ting, der ville ske, lige før han blev taget til fange i forbindelse med korsfæstelsen. Han så, at de blev bekymrede, da han fortalte dem om Judas Iskariots forræderi, Peters benægtelse, og sin egen død, så han trøstede dem ved at fortælle dem om boligerne i himlen.

Derfor sagde han: *"I min faders hus er der mange boliger; hvis ikke, ville jeg så have sagt, at jeg går bort for at gøre en plads rede for jer?"* Jesus blev korsfæstet og opstod efter tre dage, hvormed han brød dødens autoritet. Efter 40 dage steg han op til himmelen, hvilket mange mennesker så, for at berede de himmelske pladser.

Hvad betyder det så at *"jeg går bort for at gøre en plads rede for jer?"* Som der står i Første Johannesbrev 2:2: *"Han er et sonoffer for vores synder, og ikke blot for vore, men for hele verdens synder."* Det betyder, at Jesus brød syndens mur mellem mennesket og Gud, sådan at enhver kan opnå himlen med tro.

Uden Jesus Kristus kunne syndens mur mellem Gud og os ikke være blevet brudt. I det gamle Testamente ofrede folk et dyr som soning for deres synder. Men Jesus har givet os muligheden for syndernes tilgivelse og helligheden ved at ofre sig selv som sonoffer (Hebræerbrevet 10:12-14).

Kun gennem Jesus Kristus kan syndens mur mellem Gud og os brydes, så man kan modtage den velsignelse at komme i himmeriget og nyde det smukke og lykkelige evige liv.

I min faders hus er der mange boliger

Jesus siger i Johannesevangeliet 14:2: *"I min faders hus er der mange boliger."* I dette vers ser man Herrens hjerte, som ønsker, at alle skal frelses. Så hvad er årsagen til, at Jesus siger "I min faders hus" i stedet for at sige "I himmeriget?" Det skyldes, at Gud ikke ønsker "borgere," men derimod "børn," som han kan dele sin kærlighed med som fader til evig tid.

Himlen regeres af Gud, og er stor nok til at rumme alle dem, som frelses ved troen. Den er så smuk og fantastisk, at den ikke kan sammenlignes med noget i denne verden. I himlens rige, som er så stort, at man slet ikke kan forestille sig det, er det smukkeste og herligste sted Ny Jerusalem, hvor Guds trone står. Ligesom præsidenterne for Korea og USA lever i henholdsvis det Blå Hus i Seoul og det Hvide Hus i Washington, DC, så står Guds trone i Ny Jerusalem i himlen.

Hvor ligger da Ny Jerusalem? Det ligger i himlens centrum, og det er stedet hvor mennesker med en tro, som behager Gud, vil leve til evig tid. Omvendt er den yderligste del af himlen

Paradis, hvor blandt andet den forbryder, som blev korsfæstet ved siden af Jesus, og andre, som kun lige har taget imod Jesus, men ikke har gjort noget for Guds rige, vil være.

Himlen opnås i overensstemmelse med målet af tro

Hvorfor har Gud forberedt så mange boliger i himlen til sine børn? Gud er retfærdig og lader os høste, som vi sår (Galaterbrevet 6:7), og belønner hver person i overensstemmelse med, hvad de har gjort (Matthæusevangeliet 16:27; Johannesåbenbaringen 2:23). Derfor har han beredt de mange boliger i overensstemmelse med målet af tro.

Romerbrevet 12:3 formaner: *"I kraft af den nåde, jeg har fået, siger jeg til hver eneste af jer: Hav ikke højere tanker om jer selv, end I bør have, men brug jeres forstand med omtanke, enhver efter det mål af tro, som Gud har givet ham."*

Man bør derfor indse, at hver persons bolig og herlighed i himlen vil afhænge af vedkommendes mål af tro.

Enhvers bolig i himlen vil blive bestemt af i hvilken udstrækning, man efterligner Guds hjerte. Boligen i den evige himmel afgøres af, i hvor høj grad man har opnået himlen i sit hjerte som et spirituelt menneske.

Lad os for eksempel sige, at et barn og en voksen konkurrerer i en sport eller har en diskussion. Børns verden og voksnes verden er så forskellige, at børn hurtigt vil finde det kedeligt at være sammen med voksne. For børn er måden at tænke på, sproget og handlingerne meget anderledes. Det er sjovt for børn at lege med andre børn, for unge at være sammen med andre unge, og for voksne at være sammen med andre voksne.

Det samme gælder rent spirituelt. Da alle har forskellig ånd, har kærlighedens og retfærdighedens Gud inddelt boligerne i himlen alt efter målet af tro, sådan at hans børn vil leve lykkeligt.

Herren kommer efter at han har beredt boligerne

I Johannesevangeliet 14:3 lover Herren, at han vil komme tilbage og tage os til himmeriget efter at han bliver færdig med at gøre de himmelske boliger klar.

Lad os antage, at der er en mand, som en gang har modtaget Guds nåde og har fået mange belønninger i himlen, fordi han har været trofast. Men hvis han vender tilbage til verden, mister han frelsen og ender i helvede. Og hans mange himmelske belønninger bliver værdiløse. Selv om han ikke kommer i helvede, vil hans belønninger stadig blive tilintetgjort.

Hvis han skuffer Gud eller kaster skam over ham, vil hans belønning blive formindsket selv om han tidligere har været trofast, eller måske vil han gå et trosniveau tilbage eller forblive på samme niveau, selv om han burde vokse i troen.

Dog vil Herren huske alt, man har gjort for Guds rige ved at være trofast. Hvis man gør sit hjerte helligt ved at omskære det i Helligånden, vil man være med Herren, når han kommer tilbage, og man vil blive velsignet til at opholde sig på et sted, der skinner som solen i himlen. Da Herren ønsker, at alle Guds børn skal være perfekte, sagde han: *"Og når jeg er gået bort og har gjort en plads rede for jer, kommer jeg igen og tager jer til mig, for at også I skal være, hvor jeg er."* Jesus ønsker, at vi skal rense os selv, ligesom Herren er ren, og at vi skal holde fast i håbets ord.

Da Jesus fuldstændig havde opfyldt Guds vilje og forherliget ham, forherligede Gud Jesus og gav ham et nyt navn: Kongernes Konge og Herrernes Herre. På samme måde vil Gud føre os til herlighed i samme grad, som vi har forherliget ham i denne verden. Jo mere man efterligner Gud og elskes af Gud, jo tættere på Guds trone vil man leve i himlen.

Boligerne i himlen venter på deres herskere, Guds børn, ligesom brude der er forberedte på at modtage deres brudgomme. Det er derfor, apostelen Johannes skriver i Johannesåbenbaringen 21:2: *"Og den hellige by, Ny Jerusalem, så jeg komme ned fra himlen fra Gud, rede som en brud, der er smykket for sin brudgom."*

Men selv den bedste omsorg fra den smuk brud kan ikke sammenlignes med det behag og den lykke, der findes i de himmelske boliger. Husene i himlen har alt og sørger for alt ved at læse deres herskeres tanker, sådan at de kan leve lykkeligt til evig tid.

I Ordsprogenes Bog 17:3 står der: *"Der skal smeltedigel til sølv og smelteovn til guld, men det er Herren, der ransager hjerterne."* Derfor beder jeg i Herre Jesu Kristi navn om at du vil indse, at Gud raffinerer folk for at gøre dem til sine sande børn, at du vil helliggøre dig med håb om Ny Jerusalem, og at du vil gå kraftfuldt frem mod det bedste af himlen og være betroet i hele Guds hus.

Kapitel 5

Hvordan vil vi leve i Himlen?

1. Den generelle livsstil i Himlen
2. Beklædning i Himlen
3. Mad i Himlen
4. Transport i Himlen
5. Underholdning i Himlen
6. Tilbedelse, uddannelse og kultur i Himlen

*Der findes både himmelske legemer
og jordiske legemer;
men de himmelske har én glans,
de jordiske en anden.
Solen og månen og stjernerne
har hver sin glans,
og stjerne adskiller sig fra stjerne i glans.*

- Første Korintherbrev 15:40-41 -

Lykken i himlen kan slet ikke sammenlignes med selv de bedste og mest frydefulde ting på denne jord. Selv om man hygger sig på stranden sammen med sine elskede og med udsigt til horisonten, så er denne form for lykke midlertidig og er dermed ikke sand. I et hjørne af ens sind vil der stadig være bekymringer om de ting, man skal tage sig af, når man vender tilbage til hverdagslivet. Og hvis man ligger på stranden i en måned eller to, eller i et år, vil man hurtigt begynde at kede sig og lede efter noget andet at lave.

Men livet i himlen, hvor alt er så klart og smukt som krystal, er lykken selv, for alt er konstant nyt, mystisk, glædeligt og lykkeligt. Man kan hygge sig med Gud Fader og Herren, dyrke sine hobbier, spille spil og lave andre interessante ting i den udstrækning, man har lyst til det. Lad os se på, hvordan Guds børn vil leve, når de kommer i himlen.

1. Den generelle livsstil i Himlen

Den fysiske krop vil ændre sig til en spirituel krop, som består af ånd, sjæl og krop i himlen, og man vil være i stand til at genkende sin kone, mand, børn og forældre fra denne jord. Man vil også genkende sin hyrde eller flok fra denne jord. Og man vil huske ting, der ellers var blevet glemt. Man vil være meget vis, fordi man er i stand til at skelne og forstå Guds vilje.

Nogle vil måske tænke: Vil alle mine synder blive udstillet i himlen? Men sådan vil det ikke være. Hvis man har angret,

Himlen I

har Gud fjernet vores synder fra os, så langt som øst er fra vest (Salmernes Bog 103:12) og han vil kun huske vores gode gerninger og glemme alt andet, når først vi kommer i himlen.

Hvordan vil livet så ændre sig, når man kommer i himlen?

Den himmelske krop

Mennesker og dyr på denne jord har deres egne former, så alt levende kan genkendes alt efter om det er en elefant, en løve, en ørn eller et menneske.

Ligesom enhver krop har sin egen form i den tredimensionale verden, er der en unik krop i himlen, som er en firedimensional verden. Dette kaldes den himmelske krop. I himlen vil man kende hinanden på denne. Så hvordan vil denne krop se ud?

Når Herren kommer tilbage i luften, vil man blive forandret til en genopstanden krop, som er en spirituel krop. Denne genopstandne krop vil blive transformeret til en himmelsk krop, som har et højere niveau, efter dommedag. Herlighedens lys, som skinner fra denne himmelske krop, vil være forskelligt alt efter ens belønninger.

En himmelske krop har knogler og kød ligesom Jesu krop lige efter hans genopstandelse (Johannesevangeliet 20:27), men det er en ny krop, som består af ånd, sjæl og en uforgængelig krop. Vores forgængelige kroppe forandres til nye kroppe ved Guds ord og kraft.

Den himmelske krop består af evige, uforgængelige knogler og kød, og vil skinne, fordi den er forfrisket og ren. Selv om man mangler en arm eller et ben eller på anden måde er handicappet, vil den himmelske krop blive genoprettet som en perfekt krop.

Den himmelske krop er ikke diffus som en skygge, men har en klar form, og den er ikke under tiden og rummets kontrol. Da Jesus viste sig for sine disciple efter sin genopstandelse, kunne han derfor frit gå gennem vægge (Johannesevangeliet 20:26). Kroppen på denne jord vil være rynket og ru, når den bliver gammel, men den himmelske krop vil blive forfrisket som en uforgængelig krop, så den altid vil holde sig ung og skinne som solen.

En alder af 33 år

Mange mennesker spekulerer over, om den himmelske krop er stor som en voksen krop eller lille som er barn. I himlen vil alle, uanset om de er døde som unge eller gamle, have en alder af 33 år til evig tid, for det var den alder, Jesus havde, da han blev korsfæstet i denne verden.

Hvorfor lader Gud os leve i en alder af 33 år i himlen? Ligesom solen skinner klarest midt på dagen, så er man på højdepunktet i sit liv omkring en alder af 33 år.

De mennesker, som er yngre end 30, kan mangle erfaring og være lidt umodne, og de, som er over 40, begynder så småt at miste deres energi. Men omkring en alder af 33 er folk modne og smukke i alle henseender. De fleste er også blevet gift og har fået børn, sådan at de i en vis udstrækning forstår Guds hjerte og kultiveringen af mennesker på denne jord.

Gud forandrer os derfor til himmelske kroppe, som vil holde sig unge i himlen og for evigt have den smukkeste alder for et menneske.

Der er ikke nogen biologisk forbindelse

Hvor ville det være mærkeligt, hvis man skulle leve i himlen til evig tid med den fysiske fremtrædelse man havde, da man forlod denne verden. Lad os sige, at en mand dør som 40årig og kommer i himlen. Hans søn kommer i himlen som 50årig, og hans barnebarn dør i en alder af 90 år og kommer i himlen. Når de alle mødes i himlen, vil barnebarnet være den ældste og bedstefaderen den yngste.

I himlen, hvor Gud regerer med retfærdighed og kærlighed, vil alle derfor være 33 år gamle, og der er ingen biologisk eller fysisk forbindelse med denne jord.

Der er ingen, der kalder nogen for "far," "mor," "søn" eller "datter" i himlen, selv om de var forældre og børn på denne jord. Det skyldes, at alle er hinandens brødre og søstre, og elsker hinanden som Guds børn. Da de ved, at de har været forældre og børn på denne jord og har elsket hinanden højt, kan de have en endnu mere særlig kærlighed til hinanden.

Men hvad hvis for eksempel en mor kom i det Andet Rige i himlen og hendes søn kom i Ny Jerusalem? På denne jord må sønnen naturligvis tjene sin mor. Men i himlen vil moderes bukke for sin søn, fordi han i højere grad ligner Gud Fader, og det lys som udstråles fra hans himmelske krop vil være meget klarere end moderens.

Man vil derfor ikke bruge de navne og titler, som man benytter på denne jord, men Gud Fader giver nye, passende navne med spirituelle betydninger til hver enkelt. Selv på denne jord ændrede Gud navnet Abram til Abraham, Sarai til Sarah, og

Jacob til Israel, hvilket betyder at han havde kæmpet med Gud og sejret.

Forskellen mellem mænd og kvinder i himlen

I himlen er der ikke noget ægteskab, men der er stadig en klar forskel mellem mænd og kvinder. For det første er mændene 182 – 188 cm høje, og kvinderne er ca 10 cm mindre. Nogle mennesker tænker meget på, om de er for små eller for store, men i himlen er der ingen grund til at have den slags bekymringer. Man behøver heller ikke tænke over sin vægt, for alle vil have den smukkeste og mest passende form.

En himmelsk krop føler ingen vægt selv om den ser ud som om, der vejer noget, så selv om man går hen over nogle blomster, vil de ikke knække eller tage skade. En himmelsk krop kan ikke vejes, men den kan heller ikke blive båret bort af vinden, for den er meget stabil. Selv om man ikke mærker vægten, har kroppen både form og fremtrædelse. Det er ligesom at tage et stykke papir: Man ved, at det har en vis vægt, men man mærker den ikke.

Håret er lyst og let bølget. Mændenes hår når til nakken, men for kvinderne er der forskellige hårlængder. Når en kvinde har langt hår, betyder det, at hun har modtaget store belønninger, og det længste hår når til livet. Det er derfor en stor ære og stolthed for kvinder at have langt hår (Første Korintherbrev 11:15).

På denne jord håber og forsøger de fleste kvinder at have lys og blød hud. De anvender kosmetik for at holde deres hud fast og blød uden rynker. I himlen vil alle have perfekt hud, der er så hvid, klar og ren, at den skinner med herlighedens lys.

Da der ikke er nogen ondskab i himlen vil der desuden ikke være behov for make up eller bekymringer om fysisk fremtrædelse, for alt vil være smukt. Herlighedens lys, som udstråler fra den himmelske krop, vil skinne mere hvidt og klart, jo mere hellig personen er, og jo mere vedkommende efterligner Herrens hjerte. Ordenen vil blive bestemt og opretholdt efter dette.

Det himmelske folks hjerte

Folk med en himmelsk krop vil have et hjerte, der er ren ånd, hvilket er den guddommelige natur og ikke rummer nogen ondskab. Ligesom folk ønsker at have og røre det, som er godt og smukt på denne jord, vil folk med en himmelsk krop også ønske at føle andres skønhed, se på den og røre dem med glæde. Men der er hverken grådighed eller misundelse.

På denne jord ændrer folk sig alt efter deres profit, og de bliver trætte af deres ting, selv om tingene er kønne og gode. Mennesker med en himmelsk krop er ikke udspekulerede, og vil ikke ændre sig.

Mennesker på denne jord kan, hvis de er fattige, spise en billig mad af dårlig kvalitet, men den smager godt. Hvis de bliver lidt rigere, vil de ikke være tilfredse med det, som tidligere var lækkert, men være på udkig efter bedre mad. Hvis man køber et legetøj til sine børn, vil de blive glade i begyndelsen, men efter nogle dage vil de kaste det fra sig og lede efter noget nyt. I himlen er tankegangen helt anderledes, så hvis man en gang har kunnet lide noget, vil man kunne lide det til evig tid.

2. Beklædning i Himlen

Nogle mennesker tror, at påklædningen i himlen vil være den samme som her, men det er ikke tilfældet. Gud er Skaberen og den retfærdige dommer, som vil give os igen i overensstemmelse med, hvad vi har gjort. Ligesom belønningerne i himlen er forskellige, vil tøjet også være forskelligt alt efter gerningerne på denne jord (Johannesåbenbaringen 22:12). Hvilken slags tøj vil man da have på, og hvordan smykker man sig i himlen?

Himmelsk tøj med forskellige farver og design

I himlen vil alle generelt gå med skinnende hvidt tøj. Det er blødt som silke og så let, at det føles som om, det ikke har nogen vægt, og det vifter smukt.

Da udstrækningen af folks hellighed er forskellig, er det lys, der kommer fra tøjet og den klarhed, det har, også forskellig. Jo mere en person efterligner Guds hellige hjerte, jo mere klart og strålende vil vedkommendes tøj skinne.

Der vil også blive givet forskellige typer tøj med forskelligt design og af forskellige materialer alt efter i hvor høj grad, man har arbejdet for Guds rige og forherliget ham.

På denne jord bærer folk forskellige slags tøj alt efter deres sociale og økonomiske status. På samme måde vil man i himlen bære tøj med flere farver og mønstre, jo højere position man har. Frisurer og pynteting vil også være forskellige.

I gamle dage kunne folk genkende andres sociale klasse bare ved at se farven af deres tøj. På samme måde kan folk i himlen genkende hinandens position og størrelsen af de belønninger, de

103

andre har modtaget. Tøj med specifikke farver og design betyder, at man har modtaget stor herlighed.

De, som kommer i Ny Jerusalem og har bidraget til Gud rige i allerhøjeste grad, får det smukkeste, og mest farverige og skinnende tøj.

Hvis man ikke har gjort meget for Guds rige, vil man kun modtage lidt tøj i himlen. Men har man derimod udført meget arbejde med tro og kærlighed, vil man få utallige stykker tøj med mange farver og mønstre.

Himmelske tøj med forskellige dekorationer

Gud vil give tøj med forskellige dekorationer for at vise den enkeltes herlighed. Ligesom den kongelige familie tidligere udtrykte deres position ved at sætte forskellige dekorationer på deres tøj, vil det himmelske tøj have forskellige dekorationer, som vil vise den himmelske position og herlighed.

Der er dekorationer for taknemmelighed, lovsigelse, bøn, glæde, herlighed og så videre, som kan syes fast på tøjet i himlen. Når man synger lovsange med taknemmelighed for Gud Faders og Herrens kærlighed og nåde, eller når man synger til Guds ære, så modtager han dette som en smuk aroma og han sætter lovsangsdekorationen på ens tøj i himlen.

Den smukke dekoration for glæde og taknemmelighed vil blive givet til folk, som i sandhed har været glade af hjertet ved at huske på Gud Faders nåde, hvormed han gav evigt liv og det himmelske rige, selv under sorg og prøvelser på denne jord.

Dekorationen for bøn vil blive givet til dem, om har bedt af hjertet for Guds rige. Mellem alle disse er det dog dekorationen for herlighed, som er den smukkeste. Den er også den vanskeligste at gøre sig fortjent til. Den bliver kun givet til dem, som af hjertet har gjort alt, hvad der har været muligt, for at forherlige Gud. Ligesom konger eller præsidenter giver særlige medaljer til en soldat, som har gjort en fremragende tjeneste, så gives dekorationen for herlighed særligt til dem, som har arbejdet brændende for Guds rige, og som har gjort ham stor ære. Den, som kan sætte herlighedens dekoration på sit tøj, vil derfor være blandt de mest noble i hele himmeriget.

Belønninger i form af kranse og juveler

Der er utallige juveler i himlen. Nogle juveler gives som belønning og sættes på tøjet. I Johannesåbenbaringen kan man læse, at Herren bærer en guldkrone og har et skærf om brystet. Disse ting er belønninger, som han har fået af Gud.

Biblen nævner mange slags kranse. Disse kranse bliver tildelt efter forskellige standarter, og deres værdi er forskellig, fordi de gives som belønning.

Mange slags kranse gives alt efter ens handlinger; såsom kransen, der ikke visner, der gives til dem, som deltager i løb (Første Korintherbrev 9:25); herlighedens sejrskrans, som gives til dem, der har forherliget Gud (Første Petersbrev 5:4); livets sejrskrans, der gives til dem, som har været trofaste indtil døden (Jakobsbrevet 1:12; Johannesåbenbaringen 2:10); en krone af guld, som de 24 ældste ved Guds trone bærer (Johannesåbenbaringen 4:4, 14:14); og retfærdighedens sejrskrans, som apostelen Paulus længtes efter (Andet Timotheusbrev 4:8).

Der er kranse i mange forskellige former, som er dekoreret

med juveler såsom kransen dekoreret med guld, blomsterkransen, perlekransen og så videre. Folk vil kunne genkende ens hellighed og belønninger ved hjælp af den krone, man får.

På dette jord kan alle og enhver købe juveler, hvis de har penge, men i himlen kan man kun have juveler, hvis man har fået dem som belønning. Belønningen vil afhænge af, hvor mange mennesker, man har ført til frelse; hvad man har foræret bort med et rent hjerte, udstrækningen af ens trofasthed og lignende. Juveler og kranse må derfor være forskellige, for de gives i overensstemmelse med ens handlinger. Der er også forskel på juvelernes skønhed, lys, stråleglans og antal.

Det er det samme med boligerne i himlen. Boligerne vil være forskellige alt efter personens tro med hensyn til størrelse, skønhed, guldets klarhed og juvelerne. I kapitel 6 og frem vil alle disse ting blive forklaret nærmere.

3. Mad i Himlen

Da de første mennesker Adam og Eva levede i Edens have, spiste de kun frugt og frøbærende planter (Første Mosebog 1:29). Men da Adam blev uddrevet fra Edens have på grund af sin ulydighed, begyndte de at spise markens planter. Efter den store oversvømmelse fik folk lov at spise kød. På denne måde blev menneskets føde ændret, efterhånden som mennesket blev mere ondt.

Hvad vil man så spise i himlen, hvor der ikke er nogen ondskab? Nogle vil måske spekulere på, om den himmelske krop også skal spise. I himlen kan man drikke livets vand eller spise eller lugte til mange slags frugter for at få glæde af dem.

Den himmelske krops vejrtrækning

Ligesom vi mennesker trækker vejret på denne jord, trækker de himmelske kroppe vejret i himlen. Det er naturligvis ikke nødvendigt for den himmelske krop at trække vejret, men den kan hvile sig, mens den gør det. Den trækker ikke kun vejret med næse og mund, men også med øjnene og alle kroppens celler, selv hjertet.

Gud indånder røgelsen fra vore hjerter, for han er ånd. Han blev behaget af retfærdige mænds ofre og indåndede den liflige duft fra deres hjerter på gammeltestamentelig tid (Første Mosebog 8:21). I det Nye Testamente gav Jesus, som var ren og lydefri, sig selv for os, og dette offer var for Gud som en liflig aroma (Efeserbrevet 5:2).

Gud modtager hjertets aroma, når man beder eller lovsynger af et sandt hjerte. I den udstrækning, man efterligner Herren og bliver retfærdig, kan man udsprede Kristi aroma, der modtages af Gud som et værdifuldt offer. Gud glædes over at indånde vores lovsigelse og vores bønner.

I Matthæusevangeliet 26:29 ser man, at Herren har bedt for os uden at spise, siden han steg op til himlen. Dette har stået på i de sidste to årtusinder. På samme måde kan den himmelske krop leve i himlen uden at spise eller trække vejret. Man vil leve evigt, når man kommer i himlen, for man vil forandres til en spirituel krop, som er uforgængelig.

Når den himmelske krop trækker vejret vil den dog føle mere glæde og lykke, og ånden bliver forynget og forfrisket. Ligesom folk afbalancerer deres diæt for at opretholde deres helbred, nyder en himmelske krop at indånde liflig aroma i himlen.

Så der er mange slags blomster og frugter, som afgiver aroma, og den himmelske krop indånder denne aroma. Selv om blomsterne afgiver deres aroma, vil de altid føle sig lykkelige og tilfredse.

Når den himmelske krop modtager den dejlige aroma fra blomster og frugter, vil duften blive optaget i kroppen ligesom en parfume. Kroppen afgiver dermed aromaen, indtil den forsvinder fuldstændigt. Ligesom man har det godt, når man bruger parfume på denne jord, vil den himmelske krop føle sig lykkeligere på grund af den dejlige aroma.

Afgivelse gennem vejrtrækningen

Hvordan spiser folk så og opretholder deres liv i himlen? I Bibelen ser man, at Herren viste sig for sine disciple efter sin genopstandelse og at han bmbåde blæste ånde (Johannesevangeliet 20:22) og spiste (Johannesevangeliet 21:12-15). Den genopstandne Herre spiste ikke, fordi han var sulten, men for at dele denne glæde med disciplene og lade os vide, at vi en dag vil spise i himlen som en himmelsk krop. Det er derfor, Bibelen anfører, at Jesus Kristus spiste noget brød og fisk til morgenmad efter genopstandelsen.

Hvorfor fortæller Bibelen så, at Herren blæste ånde ud selv efter, at han genopstod? Når man spiser i himlen, så opløses maden øjeblikkeligt og bliver afgivet gennem vejrtrækningen. Så der er ikke behov for at gå på toilettet. Hvor må det være behageligt og forunderligt at maden, man har indtaget, forlader kroppen gennem vejrtrækningen som en aroma og bliver opløst!

4. Transport i Himlen

Gennem menneskehedens historie er der blevet opfundet hurtigere og mere komfortable transportmidler i takt med civilisationens og videnskabens udvikling: kærrer, hestevogne, biler, skibe, tog, fly og så videre.

Der er også forskellige typer transport i himlen. Der er offentlig transport såsom himmeltoget og private transportmidler såsom skybiler og gyldne hestevogne.

I himlen kan den himmelske krop bevæge sig meget hurtigt og endda flyve, for den bevæger sig hinsides tid og rum, men det er sjovere og mere frydefyldt at benytte de transportmidler, der er blevet givet i belønning.

Rejse og transport i himlen

Hvor ville det være glædeligt og frydefuldt hvis man kunne rejse rundt i hele himlen og se alle de smukke og forunderlige ting, som Gud har lavet!

Hvert hjørne af himlen har sin egen unikke skønhed, og man vil nyde hver en del af den. Og da hjertet i den himmelske krop aldrig forandrer sig, bliver man ikke træt af at besøge det samme sted flere gange. Så det er altid sjovt og interessant at rejse i himlen.

Den himmelske krop behøver rent faktisk ikke nogen form for transport, for den bliver ikke udmattet og kan endda flyve.

Himlen I

Men det er mere komfortabelt for den at benytte forskellige transportmidler. For eksempel er det mere komfortabelt på denne jord at tage en bus end at gå, og det er mere komfortabelt at køre bil eller tage en taxa end at tage bus eller metro.

Hvis man kører med himmeltoget, som er dekoreret med juveler i mange farver, kommer man frem til sin destination uden skinner, for toget bevæger sig frit til højre og venstre, eller endda op og ned.

Når folk i Paradis tager til Ny Jerusalem, vil de køre med himmeltoget, for de to steder ligger ret langt fra hinanden. Turen er en stor fornøjelse for passagererne. Mens de flyver gennem de klare lys, kan de se himlens smukke sceneri gennem vinduerne. De føler sig lykkelige over, at de snart skal se Gud Fader.

Mellem transportmidlerne i himlen er der en guldvogn, som en særlig person i Ny Jerusalem bruger, når han tager rundt i himlen. Den har hvide vinger, og der er en knap inden i. Men denne knap vil den bevæge sig fuldstændig automatisk, og den vil løbe eller flyve alt efter, hvad dens herre ønsker.

Skybiler

Skyerne i himlen er dekorationer, som øger himlens skønhed. Så når den himmelske krop kommer et sted hen, hvor der er mange skyer, vil den skinne mere, end når der ikke er skyer. Det kan også få folk til at føle en større respekt, værdighed, ære eller autoritet overfor hinanden.

Der står i Bibelen, at Herren kommer i skyerne (Første Thesalonikkerbrev 4:16-17), og det skyldes, at det er mere majestætisk, ærefuldt og smukt end at komme i bar luft. På denne måde eksisterer skyerne i himlen for at ære Guds børn og give dem yderligere herlighed.

Hvis man er kvalificeret til at komme i Ny Jerusalem, kan man få den forunderlige skybil. Det er ikke en sky dannet af damp som i denne verden, men i stedet en sky af herlighed i himlen.

Skybilen viser dens ejers herlighed, værdighed og autoritet. Men ikke alle kan eje en skybil, for den gives kun til dem, som har kvalificeret sig til at komme i Ny Jerusalem ved at være blevet fuldstændig hellige og betroede i hele Guds hus.

De, som kommer i Ny Jerusalem, kan tage hvor som helst hen med Herren i deres skybil. Under turen vil de blive eskorteret af den himmelske skare og engle, som tjener dem, ligesom en konge eller en prins, der er på rejse, har mange tjenestefolk med sig. Den himmelske skare og englene, som eskortere og tjener en person, viser dermed vedkommendes autoritet og herlighed.

Skybilen køres normalt af engle. Der er individuelle biler til privat brug og større biler med flere sæder, hvor mange personer kan køre sammen. Når en person i Ny Jerusalem spiller golf og bevæger sig rundt på banen, kommen en skybil og stopper ved dens ejers fødder. Og når ejeren sætter sig ind, bevæger bilen sig blidt hen til bolden på et øjeblik.

Forestil dig, hvordan det vil være at flyve i himlen eller køre i en skybil med eskorte af den himmelske skare og engle i Ny Jerusalem. Forestil dig også, at du kører i en skybil sammen med Herren, eller at du rejser i den udstrakte himmel med himmeltoget sammen med mennesker, du elsker. Du vil sandsynligvis føle en overvældende glæde.

5. Underholdning i Himlen

Nogle vil måske tro, at det ikke er særlig sjovt at leve som en himmelsk krop, men sådan er det ikke. I den fysiske verden bliver man træt af morskaben, eller kan ikke helt få nok, men i den spirituelle verden er det anderledes, og det "sjove" føles altid nyt og forfriskende.

Selv i denne verden er det sådan, at jo mere man opnår en fuldkommen ånd, jo dybere kærlighed vil man opleve, og jo lykkeligere vil man være. I himlen vil man ikke kun nyde sine hobbyer, men også mange slags underholdning, og det kan slet ikke sammenlignes med nogen former for morskab i denne verden.

Hobbyer og spil

Ligesom folk i denne verden udvikler deres talenter og gør deres liv mere fyldestgørende gennem deres hobbyer, kan man også dyrke sine hobbyer i himlen. Man kan ikke kun nyde de aktiviteter, man har været glad for i denne verden, men også de ting, man har afholdt sig fra at gøre for at kunne udføre Guds arbejde. Desuden kan man lære nye ting.

De, som interesserer sig for musik, vil kunne prise Gud med at spille harpe. Man kan også lære at spille klaver, fløjte eller andre instrumenter, og man lærer det meget hurtigt, fordi alle er klogere i himlen.

Man kan have samtaler med naturen og de himmelske dyr for at øge sin fryd. Selv planter og dyr genkender Guds børn, byder dem velkommen og udtrykker deres kærlighed og respekt overfor dem.

Desuden kan man nyde mange typer sport såsom tennis, basketball, bowling, golf og drageflyvning, men ikke de typer sport, som kan skade andre såsom brydning og boksning. Faciliteterne og udstyret er på ingen måde farligt. Det er lavet af et forunderligt materiale og er dekoreret med guld og juveler for at gøre sporten mere fornøjelig og skabe større lykke.

Sportsudstyret læser også folks hjerte for at give større fornøjelse. Hvis for eksempel du er glad for at bowle, vil kuglen eller keglerne skifte farve og stille sig sådan, som man bedst kan lide. Keglerne falder med smukke lys og en opmuntrende lyd. Hvis man ønsker at tabe til sin partner, vil keglerne bevæge sig i overensstemmelse med ens ønsker og dermed give større lykke.

I himlen er der ingen ondskab, og der er derfor ingen, som ønsker at vinde ved at slå de andre. Man vinder med at gøre spillet behageligt og fornøjeligt for andre. Nogle vil måske sætte spørgsmålstegn ved meningen med et spil, som hverken har vinder eller taber, men i himlen får man ikke glæde ved at vinde over nogen. Fornøjelsen ligger i selve det at spille.

Der findes naturligvis spil, som giver fornøjelse gennem en god og retfærdig konkurrence. For eksempel er der et spil, som man vinder ved at indånde blomsterduft, blande duftene bedst muligt og udsende den bedste duft.

Forskellige former for underholdning

Nogle af de mennesker, som godt kan lide at spille, spørger om der findes spillemaskiner i himlen. Der er naturligvis mange spil, som er langt mere fornøjelige end spillene i denne verden. Til forskel fra spillene i denne verden, bliver man aldrig træt af spillene i himlen, og de forværre ikke synet. Man kommer aldrig til at kede sig ved dem. I stedet føler man sig forynget og fredfyldt efter at have spillet. Når man vinder eller får et højt pointtal, glæder man sig over dette, og man mister ikke interessen for spillet.

Folk i himlen har himmelske kroppe, så de bliver ikke bange for at falde ned fra forlystelserne i tivolierne. De føler kun begejstring og glæde, når de for eksempel kører i rutsjebane. Så selv de mennesker, som har højdeskræk på denne jord vil kunne nyde disse ting i himlen.

Og selv om man skulle falde af en rutsjebane, vil man ikke komme til skade, for den himmelske krop lander sikkert på akrobatisk vis, eller englene vil beskytte en. Så forestil dig, hvordan det vil være at køre rutsjebane sammen med Herren og alle dine elskede. Hvor vil det være frydefuldt og lykkeligt!

6. Tilbedelse, uddannelse og kultur i Himlen

Der er hverken behov for at arbejde for at få mad, tøj eller bolig i himlen. Nogle vil måske spekulere på, hvad man mon så skal lave i evig tid. Og om man ikke vil blive hjælpeløs af at fordrive tiden på den måde. Men der er ingen grund til bekymring.

I himlen er der mange ting, man kan nyde at foretage sig. Der er mange slags interessante og spændende aktiviteter og hændelser såsom spil, uddannelse, gudstjenester, fester, festivaller, rejser og sport.

Man vil ikke blive bedt om eller presset til at deltage i disse aktiviteter. Alle gør tingene frivilligt, og gør det med glæde, for alt, hvad man foretager sig, giver glæde i overflod.

Tilbedelse med glæde af Gud Skaberen

Ligesom man går til gudstjeneste og tilbeder Gud på denne jord, vil man også tilbede Gud i himlen. Gud prædiker selv budskabet og derigennem vil man lære om Guds oprindelse og det spirituelle rige, som hverken har begyndelse eller afslutning.

Generelt er det sådan, at dem, som er dygtige til deres studier, ser frem til undervisningen og til at se læreren. Selv i troens liv vil dem, som elsker Gud og tilbeder i ånden og sandheden, se frem til gudstjenester og til at lytte til hyrdens stemme, som prædiker livets ord.

Når man kommer i himlen, vil man have den glæde og lykke at tilbede Gud og se frem til at høre Guds ord. Man kan lytte til Guds ord gennem gudstjenester, få en samtaletid med Gud eller lytte til Herrens ord. Der er også tidspunkter for bøn. Men man knæler ikke eller beder med øjnene lukkede ligesom på denne jord. Det er i stedet en samtale med Gud. Bønner i himlen er samtaler med Gud Fader, Herren og Helligånden. Hvor vil disse øjeblikke være lykkelige og frydefulde!

Man kan også prise Gud ligesom man gør på denne jord. Men det sker ikke på noget jordisk sprog, for i himlen vil man prise Gud med nye sange. De, som sammen har gennemgået prøvelser eller medlemmerne af den samme kirke på denne jord vil sammen med deres hyrde tilbede Gud og danne et fællesskab.

Så hvordan tilbeder folk sammen i himlen, hvis deres boliger er placeret forskellige steder i himlen? Lyset fra den himmelske krop er forskelligt i forskellige boliger, så man låner passende tøj for at tage til steder med højere niveau. Så for at deltage i gudstjenester, som holdes i Ny Jerusalem, som er badet i herlighedens lys, må alle de mennesker, som kommer fra andre steder, låne noget passende tøj.

Ligesom man kan se den samme gudstjeneste via satellit over hele verden på samme tid, vil det være muligt at gøre det samme i himlen. Man kan se gudstjenester i Ny Jerusalem fra alle andre steder i himlen, men skærmen vil være så naturlig, at det føles som om, man selv er til stede vil gudstjenesten.

Man kan også invitere troens forfædre som Moses og apostelen Paulus, og holde en gudstjeneste sammen med dem. Man skal dog have en passende spirituel autoritet for at kunne invitere disse noble personer.

Man lærer om nye og dybe spirituelle hemmeligheder

Guds børn lærer mange spirituelle ting, mens de bliver kultiveret på denne jord, men det man kan lære her, er kun en hjælp til at komme i himlen. Efter at man er kommet i himlen, begynder man at lære om den nye verden.

Når troende på Jesus Kristus dør, vil de (undtagen dem som kommer til Ny Jerusalem) komme til et dertil indrettet hjørne af Paradis, og der vil de begynde at lære om etikette og regler i himlen af englene.

Ligesom mennesker på denne jord må uddannes til at tilpasse sig samfundet, når de bliver voksne, så må man også lære i detaljer, hvordan man skal opføre sig for at leve i den nye verden i det spirituelle rige.

Nogle vil måske undre sig over, hvorfor de skal studere i himlen, når de allerede lærer mange ting på denne jord. Læringen på denne jord er en spirituel proces, og den egentlige læring

begynder først efter, at man er kommet i himlen.
Der er ingen ende på læringen, for Guds rige er grænseløst og varer evigt. Uanset hvor meget man lærer, kan man ikke fuldt ud lære om Gud, som har været siden før tidens begyndelse. Man kan aldrig fuldt ud forstå Gud dybte, for han har været tilstede til evig tid, har kontrolleret universet og al ting i det, og vil være til evig tid.
Som man kan forstå, er der utallige ting at lære, når man træder ind i det grænseløse spirituelle rige, og den spirituelle læring er vældig interessant og spændende til forskel fra visse studier i denne verden.
Den spirituelle læring er aldrig tvungen, og der er ikke nogen test. Man glemmer aldrig det, man lærer, så det er aldrig hårdt eller udmattende. Man vil aldrig komme til at kede sig eller slå tiden ihjel i himlen. Man vil bare være lykkelig over at lære forunderlige og nye ting.

Fester og optrædener

Der er mange slags fester og optrædener i himlen. Festerne er yderst fornøjelige i himlen. Det er der, man ser og nyder himlens rigdom, frihed, skønhed og herlighed.
Ligesom mennesker på denne jord pynter sig smukt for at tage til prestigeøse fester, hvor de spiser, drikker og nyder de bedste ting, vil der i himlen være fester, hvor folk pynter sig smukt. Disse fester er fyldt med smukke danse, sange og lyden af latter og lykke.
Der vil også være steder i stil med Carnegie Hall i New York og Operahuset i Sydney, hvor man kan nyde forskellige forestillinger. Disse forestillinger har ikke til formål at fremstille den optrædende, men at ære Gud og Herren, give glæde og lykke,

og dele disse følelser med andre.

De optrædende er for det meste dem, som i høj grad ærer Gud med lovsang, dans, musik og skuespil på denne jord. Til tider optræder disse mennesker med de samme musikstykker, som de har udført på denne jord. Eller de mennesker, som ikke havde mulighed for at prise Gud på denne måde i denne verden, vil i himlen prise ham med nye sange og danse.

Der er også biografer, hvor man kan se film. I den Første og Andet rige ser man som regel film i offentlige biografer. Man i den Tredje Rige og Ny Jerusalem har hver af borgerne selv faciliteterne i sit eget hus. Folk kan selv se film eller de kan invitere deres elskede til at se en film, mens de får lidt at spise.

I Bibelen står der om apostelen Paul, som havde været i den Tredje Himmel, men som ikke kunne afsløre det for andre (Andet Korintherbrev 12:4). Det er vanskeligt at få folk til at forstå himlen, for det er ikke en velkendt verden, som er let at forstå. I stedet er der stor chance for, at folk vil misforstå den.

Himlen tilhører det spirituelle rige. Der er mange ting, man ikke kan forstå vedrørende himlen, som er fuld af en lykke og glæde, som man ikke kan opleve i denne verden.

Gud har beredt en smuk have, som vi skal leve i, og han opmuntrer os til at opnå de rette kvaliteter til at komme dertil gennem Bibelen.

Derfor beder jeg i Herrens navn om, at du må modtage Herren med glæde og have de rette kvalifikationer til at være klar som hans brud, når han kommer tilbage igen.

Kapitel 6

Paradis

1. Skønheden og lykken i Paradis
2. Hvilken slags mennesker kommer i Paradis?

Og Jesus sagde til ham:
"Sandelig siger jeg dig:
I dag skal du være med mig i Paradis."
- Lukasevangeliet 23:43 -

Alle de, der tror på Jesus Kristus som deres personlige Frelser og hvis navn er optegnet i livets bog, vil kunne nyde det evige liv i himlen. Jeg har dog allerede forklaret, at der er trin på troens vækst, og at boliger, kranse og belønninger vil blive givet alt efter målet af den enkeltes tro.

De, som i højeste grad efterligner Guds hjerte, vil leve tættest på Guds trone, og jo mindre man efterligner Guds hjerte, jo længere vil man bo fra hans trone.

Paradis er det sted, der ligger længst fra Guds trone, og som har mindst af lyset fra Guds herlighed, og det er det ydmygeste sted i himlen. Alligevel er det helt uden sammenligning med selv det smukkeste sted på denne jord, og det er langt smukkere end Edens have.

Hvilken slags sted er da Paradis, og hvilken slags mennesker kommer dertil?

1. Skønheden og lykken i Paradis

Der er et område i udkanten af Paradis, der bruges som ventested indtil dommen fra den hvide trone (Johannesåbenbaringen 20:11-12). Med undtagelse af dem, som allerede er kommet til Ny Jerusalem efter at have opfyldt Guds hjerte og som nu hjælper med Guds arbejde, vil alle de mennesker, som er blevet frelst fra begyndelsen, være i ventestedet i udkanten af Paradis.

Så man kan forstå, at Paradis er et enormt stort, når et område

Himlen I

i dets udkant bruges som ventested for alle disse mennesker. Selv om det udstrakte Paradis er det ydmygeste sted i himlen, er det stadig usammenligneligt meget smukkere og lykkeligere end denne jord, som er blevet forbandet af Gud.

Desuden er det stedet, hvor alle, der er blevet kultiveret på denne jord, vil komme hen, så der er langt mere lykke og glæde end i Edens have, hvor det første menneske Adam levede.

Lad os se på skønheden og lykken i Paradis, som Gud har åbenbaret og gjort kendt.

Store enge fulde af smukke dyr og planter

Paradis er ligesom en stor eng, og der er mange velorganiserede græsplæner og smukke haver. Mange engle vedligeholder og passer disse steder. Fuglesangen lyder klar og ren, og giver ekko over hele Paradis. Fuglene ligner i høj grad fuglene på denne jord, men de er lidt større og har smukkere fjer. Deres sang i grupper er yndig.

Træerne og blomsterne i haverne er friske og smukke. På denne jord visner træer og blomster efterhånden som tiden går, men i Paradis er træerne altid grønne og blomsterne visner ikke. Når folk nærmer sig blomsterne, smiler de og udsender deres unikke duft til omgivelserne.

De friske træer bærer mange slags frugt, som er lidt større end frugterne på denne jord. Skrællen skinner og frugterne ser lækre ud. Der er ikke behov for at pille skrællen af, for der er hverken støv eller orm. Hvor vil det være smukt og lykkeligt, når folk sidder rundt omkring på en smuk eng og snakker, med kurve fulde af lækre og indbydende frugter!

Der er også mange dyr på den store eng. De er meget større end løverne på denne jord, men de er overhovedet ikke aggressive. De er elskelige, fordi de har en mild karakter og ren, skinnende pels.

Floden ved livets vand løber roligt

Floden med livets vand løber gennem hele himlen fra Ny Jerusalem til Paradis, og den fordamper ikke og bliver ikke forurenet. Vandet i denne flod udspringer fra Guds trone og forfrisker alt ved at repræsentere Guds hjerte, som er klart og smukt uden pletter, skyld og mørke. Guds hjerte er perfekt og fuldstændigt i alt.

Floden med livets vand, som roligt flyder afsted, er ligesom glimtende havvand, der reflekterer solskinnet på en solrig dag. Det er så klart og gennemsigtigt at det ikke kan sammenlignes med noget vand på denne jord. Når man betragter det fra en vis afstand, er det så blåt at det ligner det dybe, blå hav i Middelhavet eller i Atlanterhavet.

Der er smukke bænke på vejen, der løber på hver side af floden med livets vand. Omkring bænkene står livets træer, som giver frugt hver måned. Frugterne på livets træ er større end frugterne på denne jord, og de dufter og smager så lækkert, at det ikke kan beskrives dækkende. De smelter som candyfloss, når man tager dem i munden.

Der er ingen personlig ejendom i Paradis

I himlen når mænds hår ned til nakken, men kvinders hår

afspejler mængden af deres belønninger. Det længste hår, en kvinde kan have, når ned til livet. Folk i Paradis modtager dog ingen belønninger, så kvindernes hår er kun lidt længere end mændenes.

De går med hvidt tøj, som er vævet i et stykke, men der er ingen udsmykninger såsom brocher på tøjet eller kranse og spænder i håret. Det skyldes, at disse mennesker ikke har gjort noget for Guds rige, mens de levede på denne jord.

Da de mennesker, som kommer i Paradis, ikke får nogen belønning, er der ingen personlige huse, kranse, dekorationer eller engle, som tjener dem. Der er kun et opholdssted for de ånder, som lever i Paradis. De lever der og tjener hinanden.

Det er det samme i Edens have, hvor der heller ikke er nogen personlige huse for beboerne, men der er en betydelig forskel på lykken de to steder. Folk i Paradis kan kalde Gud for "Abba Fader," for de har taget imod Jesus Kristus og har fået Helligånden, så de føler en lykke, der slet ikke kan sammenlignes med lykken i Edens have.

Det er derfor en stor velsignelse og en vidunderlige ting, når man fødes i denne verden, oplever alle former for gode og dårlige ting, får tro og bliver et sandt barn af Gud.

Paradis er fuldt af lykke og glæde

Livet i Paradis er fuldt af lykke og glæde i sandheden, for der er ingen ondskab og alle søger hinandens bedste. Der er ikke nogen, som skader hinanden, men alle forsøger at tjene hinanden med kærlighed. Hvor vil et sådant liv være dejligt!

Desuden er der ingen, der er nødt til at bekymre sig om bolig, påklædning og mad, og der er ingen tårer, sorg, sygdom, smerte eller død, så det er lykken selv.

"Han vil tørre hver tåre af deres øjne, og døden skal ikke være mere, ej heller sorg, ej heller skrig, ej heller pine skal være mere. Thi det, der var før, er forsvundet" (Johannesåbenbaringen 21:4).

Ligesom der er overengle mellem englene, er der et hierarki mellem folk i Paradis, dvs. der er repræsentanter og de repræsenterede. Da forskellige mennesker har udført forskellige troshandlinger, vil dem, som har relativt stor tro, blive udpeget som repræsentanter, der skal tage vare på et sted eller en gruppe mennesker.

Disse personer bærer anderledes tøj end de almindelige mennesker i Paradis, og har forret til alt. Dette er ikke uretfærdigt, og det udføres ved Guds retfærdighed for at give alle igen i overensstemmelse med deres handlinger.

Da der ikke er nogen jalousi eller misundelse i himlen, vil folk aldrig hverken hade hinanden eller blive fornærmede, når andre mennesker modtager bedre ting end dem selv. I stedet vil de være glade og lykkelige over at se, at andre modtager gode ting.

Man bør indse, at Paradis er usammenligneligt smukkere og lykkeligere end noget sted på denne jord.

2. Hvilken slags mennesker kommer i det Første Rige?

Paradis er et smukt sted, som er lavet i Guds store kærlighed og nåde. Det er det sted for de mennesker, som ikke er kvalificerede til at blive kaldet Guds børn, men som har kendt Gud og troet på Jesus Kristus, og derfor ikke kan sendes i helvede. Så hvilken slags mennesker er det helt præcist, som kommer i Paradis?

Angrer lige før døden

Paradis er først og fremmest et sted for dem, som angrer lige før de dør og tager imod Jesus Kristus som deres Frelser, ligesom forbryderen der hang på korset ved siden af Jesus. Læser man Lukasevangeliet 23:39 og frem, ser man, at der var to forbrydere, som blev korsfæstet på hver sin side af Jesus. Den ene hånede Jesus, men den anden irettesatte den første og tog selv imod Jesus som sin Frelser. Jesus fortalte forbryderen, som angrede, at han var frelst med disse ord: *"Sandelig siger jeg dig: I dag skal du være med mig i Paradis."* Forbryderen gjorde ikke andet end at tage imod Jesus som sin Frelser. Han hverken skilte sig af med sine synder eller levede i overensstemmelse med Guds ord. Da han tog imod Herren lige før han døde, havde han ikke tid til at lære om Guds ord og handle derefter.

Man bør indse, at Paradis er for de mennesker, som har taget imod Jesus Kristus, men som ikke har gjort noget for Guds rige, ligesom forbryderen portrætteret i Lukasevangeliet 23.

Hvis man tænker: "Jeg vil tage imod Herren lige før jeg dør, så jeg kan komme i Paradis, der er så lykkeligt og smukt, så det ikke kan sammenlignes med denne jord," så er det en forkert ide. Gud lod forbryderen ved siden af Jesus blive frelst, fordi han vidste, at den kriminelle havde et godt hjerte til at elske Gud, og til ikke at forsage Herren, selv om han havde levet længere.

Det er dog ikke alle, som kan tage imod Herren lige før de dør, og troen gives ikke på et øjeblik. Man må derfor indse, at forbryderen, som blev frelst lige før sin død, er et sjældent tilfælde.

Mennesker, som modtager en skamfuld frelse, har stadig megen ondskab i deres hjerte selv efter at de bliver frelst, for de har levet, som de har haft lyst til.

De vil være taknemmelige overfor Gud til evig tid på grund af, at de er kommet i Paradis og kan leve et evigt liv kun ved at have taget imod Jesus Kristus som deres frelser, selv om de ikke har gjort noget med tro på denne jord.

Paradis er meget anderledes end Ny Jerusalem, hvor Guds trone står, men det, at de ikke er kommet i helvede, men i stedet er blevet frelst, er nok til at gøre dem lykkelige og glade i allerhøjeste grad.

Manglende vækst i den spirituelle tro

For det andet kan folk få en skamfuld frelse og komme i Paradis, hvis de har taget imod Jesus Kristus og har tro, men ikke har vokset i troen. Ikke alene nye troende, men også troende, som har troet i lang tid, kommer i Paradis, hvis deres tro bliver på første trosniveau hele tiden.

Gud har engang ladet mig høre en bekendelse fra en troende, som havde været i troen i lang tid, og som nu opholder sig i himlens ventested i udkanten af Paradis.

Han blev født i en familie, som ikke kendte til Gud og som tilbad afguder. Han begyndte at leve et kristent liv sent i tilværelsen, men da han ikke have sand tro, levede han stadig indenfor syndens begrænsninger og mistede synet på det ene øje. Han indså, hvad det vil sige at have sand tro, efter at han havde læst mit vidnesbyrd Tasting Eternal Life Before Death, blev medlem af vores kirke og kom senere i himlen, mens han førte et kristent liv ved kirken.

Jeg kunne høre, at hans bekendelse var fuld af glæde over at være blevet frelst, for han kom i Paradis efter at have lidt under megen sorg, smerte og sygdom under sit jordiske liv.

"Jeg er så fri og lykkelig for at være kommet her op efter at have skilt mig af med mit kød. Jeg ved ikke, hvorfor jeg forsøgte at holde fast på kødelige ting. De var alle sammen meningsløse. Det virker fuldstændig meningsløst og nytteløst efter at jeg er kommet her op og har skilt mig af med mit kød.

I mit liv på jorden var der glæde og taknemmelighed, skuffelse og fortvivlelse. Her ser jeg mig selv omgivet at komfort og lykke, og jeg mindes de gange, hvor jeg har forsøgt at holde fast på det meningsløse liv og fastholde mig i dette liv. Men min sjæl mangler intet nu, hvor jeg er på dette behagelige sted, og det giver mig stor glæde, at jeg kan være på frelsens sted.

Jeg har det godt her på dette sted. Jeg har det godt, fordi jeg har skilt mig af med mit kød, og jeg nyder at være kommet til dette fredfyldte sted efter det udmattende liv på jorden. Jeg vidste ikke, at det var en så lykkelig ting at skille sig af med kødet, men jeg er så fredfyldt og glad for at have skilt mig af med kødet og være kommet til dette sted.

Det var konstant en fysisk udfordring for mig, at jeg ikke var i stand til at se, ikke kunne gå og var ude af stand til at gøre mange ting, men jeg er glad og taknemmelig, nu hvor jeg har fået det evige liv og er kommet hertil, for jeg føler, at jeg kan være på dette storslåede sted takket være alle disse ting.

Jeg er ikke i det Første Rige, ej heller det Andet eller det Tredje Rige, eller Ny Jerusalem. Jeg er kun i Paradis, men jeg er så taknemmelig og glad for at være her.

Min sjæl er tilfreds med det
Min sjæl priser det
Min sjæl er lykkelig for det
Min sjæl er taknemmelig for det

Jeg er glad og taknemmelig, fordi jeg har afslutte det armodige og elendige liv, og nu nyder dette behagelige liv."

Tilbagegang i troen gennem prøvelser

Endelig er der nogle mennesker, som har været trofaste, men som gradvist bliver lunkne i deres tro af forskellige årsager, og som kun med nød og næppe bliver frelst.

En mand, som var ældre i min kirke, tjente kirken trofast på mange måder. Udefra syntes hans tro at være stor, men en dag blev han alvorlig syg. Han kunne ikke engang tale, og kom for at modtage min bøn. I stedet for at bede for hans helbredelse, bad jeg for hans frelse. På det tidspunkt led hans sjæl i stor frygt på grund af kampen mellem englene, som forsøgte at tage ham med til himlen, og de onde ånder, som forsøgte at tage ham til helvede. Hvis han havde haft tro nok til at blive frelst, ville de onde ånder ikke have kommet for at tage ham. Så jeg bad for at fordrive de onde ånder, og bad Gud om at modtage denne mand. Efter bønnen fandt han ro og fældede tårer. Han angrede, lige før han døde, og blev med nød og næppe frelst.

Selv om man har modtaget Helligånden og har fået en position som diakon eller ældre, så vil det i Guds øjne være en skam at leve med synder. Hvis man ikke skiller sig af med denne slags lunkent spirituelt liv, vil Helligånden gradvist forsvinde, og man vil ikke blive frelst.

"Jeg kender dine gerninger, du er hverken varm eller kold. Gid du var enten varm eller kold! Men nu, da du er lunken, og hverken varm eller kold, vil jeg udspy dig af min mund" (Johannesåbenbaringen 3:15-16).

Man må derfor indse, at det at komme i Paradis er en skamfuld frelse, og være entusiastisk og ihærdig med hensyn til at modne sin tro.

Denne mand var tidligere blevet rask efter at have modtaget min bøn, og hans kone var kommet tilbage fra dødens tærskel på samme måde. Ved at lytte til livets ord blev hans familie, som havde haft mange problemer, til en lykkelig familie. Siden da modnede han sig til en trofast arbejder for Gud gennem sine bestræbelser, og han var trofast overfor alle sine pligter.

Men da kirken stod overfor prøvelser, forsøgte han ikke at forsvare eller beskytte kirken. I stedet tillod han sine tanker at blive kontrolleret af Satan. De ord, der kom ud af hans mund, dannede en stor mur af synd mellem ham og Gud. Til sidst kunne han ikke længere være under Guds beskyttelse, men blev ramt af alvorlig sygdom.

Som Guds arbejder skulle han ikke have set eller lyttet til noget, som var usandt og imod Guds vilje, men han lyttede til disse ting og udbredte dem. Gud måtte vende ansigtet bort fra ham, for han vendte ryggen til Guds store nåde, hvormed han var blevet helbredt for alvorlig sygdom.

Hans belønninger smuldrede derfor væk, og han kunne ikke finde styrke til at bede. Hans tro gik tilbage og nåede til sidst et punkt, hvor han ikke engang kunne være sikker på frelse. Heldigvis huskede Gud hans tjeneste for kirken førhen. Så manden fik en skamfuld frelse, fordi Gud gav ham nåde til at angre det, han havde gjort.

Fuld af taknemmelighed for at være blevet frelst

Så hvilken slags bekendelse ville han fremsætte, efter at han var blevet frelst og var kommet i Paradis? Da han blev frelst på korsvejen mellem himlen og helvede, kunne jeg høre ham bekende med sand fred.

"Jeg er blevet frelst på denne måde. Selv om jeg er i Paradis, er jeg tilfreds, for jeg blev befriet fra frygt og vanskeligheder. **Min ånd, som kunne være kommet ned i mørket, er kommet ind i dette smukke og komfortable lys.**"

Hvor må hans glæde have været stor, efter at han blev befriet fra frygten for helvede! Men da han fik en skamfuld frelse i betragtning af, at han var ældre i kirken, lod Gud mig høre hans angrende bøn, mens han var i den øvre grav, før han kom til himlens ventested i Paradis. Han angrede sine synder, og takkede mig for, at jeg havde bedt for ham. Han lovede også Gud at bede kontinuerligt for kirken og for mig, som han havde tjent, indtil vi igen skulle mødes i himlen.

Siden den menneskelige kultivering på jorden er startet, er der flere mennesker, som har kvalificeret sig til at komme i Paradis, end der samlet er mennesker, som er kommet andre steder hen i himlen.

De, som kun bliver frelst med nød og næppe, og kommer i Paradis, er taknemmelige og lykkelige for at kunne nyde velsignelserne i Paradis, for selv om de ikke har levet et ordentligt kristent liv på jorden, er de ikke kommet i helvede.

Ikke desto mindre kan lykken i Paradis slet ikke sammenlignes med lykken i Ny Jerusalem, og heller ikke med lykken på næste niveau, himlens Første Rige. Man bør derfor indse, at det vigtigste for Gud ikke er antallet af år, man har troet, men hjertets indstilling overfor Gud, og evnen til at leve efter Guds vilje.

I dag er der mange mennesker, som lever i den syndefulde natur, selv om de påstår, at de har modtaget Helligånden. Disse mennesker kan kun med nød og næppe opnå en skamfuld frelse og komme i Paradis, eller også falde ned i dødens helvede, for Helligånden i dem vil forsvinde.

Nogle såkaldte troende bliver arrogante af at høre og lære meget om Guds ord, og fordømmer andre troende, selv om de har ført kristne liv i lang tid. Uanset hvor entusiastiske og trofaste folk er overfor Guds virke, så nytter det ikke noget, hvis de ikke anerkender ondskaben i deres hjerter og skiller sig af med synden.

Jeg beder derfor i Herrens navn om, at du som Guds barn, der har modtaget Helligånden, vil skille dig af med dine synder og alle former for ondt, og stræbe efter kun at handle efter Guds ord.

Kapitel 7

Det Første Rige i Himlen

1. Dets skønhed og lykke overgår Paradis
2. Hvilken slags mennesker kommer i det Første Rige?

*Men enhver idrætsmand
er afholdende i alt —
de andre for at få en sejrskrans, der visner,
men vi for at få en, der ikke visner.*
- Første Korintherbrev 9:25 -

Paradis er stedet for de mennesker, som har taget imod Jesus Kristus, men som ikke har gjort noget med deres tro. Det er et meget smukkere og lykkeligere sted end denne jord. Så himlens Første Rige, der er stedet for dem, som forsøger at leve efter Guds ord, vil være meget smukkere.

Det Første Rige er tættere på Guds trone end Paradis, men der er mange andre bedre steder i himlen. De mennesker, som kommer i det Første Rige, vil dog være tilfredse med det, de får, og føle sig lykkelige. Det er ligesom en guldfisk, der er tilfreds med at være i et akvarium, og ikke ønsker andet.

Nu vil vi se detaljeret på, hvilken slags sted, det Første Rige, som er et niveau højere end Paradis, er, og hvilken slags mennesker, som kommer dertil.

1. Dets skønhed og lykke overgår Paradis

Da Paradis er stedet for dem, som ikke har gjort noget med tro, vil der ikke være nogen personlige ejendele som belønning. Fra Første Rige og op vil der dog blive givet personlige ejendele såsom huse og kranse som belønning.

I det Første Rige lever hver person i sin egen bolig og modtager en krans, der vil vare evigt. Det er i sig selv en herlighed at eje en bolig i himlen, så alle i det Første Rige føler en lykke, som ikke kan sammenlignes med lykken i Paradis.

De personlige boliger er dekoreret smukt

Personlige boliger i det Første Rige er ikke adskilte huse, men minder om lejligheder på denne jord. De er dog hverken bygget af cement eller mursten, men af himmelske materialer som guld og juveler.

Disse huse har ingen trapper, kun smukke elevatorer. På denne jord skal man trykke på en knap, men i himlen vil elevatoren automatisk køre til den sal, man ønsker.

Blandt de mennesker, som har været i himlen, er der nogen, som vidner om, at de har set lejligheder der, og det skyldes, at de har set det Første Rige blandt mange andre himmelske steder. Disse boliger, der ligner lejligheder, har alt det nødvendige, så der er ingen ubekvemmeligheder.

Der er musikinstrumenter til dem, der er glade for musik, sådan at de kan spille, og bøger til dem, der er glade for at læse. Alle har et personligt rum, hvor de kan hvile sig, og det er rigtig hyggeligt.

Omgivelserne i det Første Rige er på denne måde indrettet efter ejerens interesser. Det er et meget smukkere og lykkeligere sted end Paradis, og det er fyldt med en glæde og komfort, som man ikke kan opleve på denne jord.

Offentlige haver, søer, svømmebassiner og lignende

Da boligerne i det Første Rige ikke er individuelle huse, er der offentlige haver, søer, svømmebassiner og golfbaner. Det er ligesom mennesker på denne jord, som lever i lejligheder, deler offentlige haver, tennisbaner, eller svømmebassiner.

De offentlige ejendomme bliver aldrig udslidt eller bryder sammen, for englene sørger altid for, at de er i bedste stand. Englene hjælper også folk med at benytte faciliteterne, så der er ingen mangel på bekvemmelighed, selv om stederne er offentlige.

I Paradis er der ingen tjenende engle, men folk kan få hjælp fra engle i det Første Rige. Så i det Første Rige mærker man en anden glæde og lykke. Selv om der ikke er nogen engle, som tilhører bestemte personer, så tager englene sig af faciliteterne.

Hvis man for eksempel har lyst til frugt, mens man sidder på en guldbænk nær floden med livets vand og taler med sine elskede, vil englene straks komme med frugt og servere den høfligt. Da englene hjælper Guds børn, er lykken og glæden langt større end i Paradis.

Det Første Rige står over Paradis

Alt er anderledes end i Paradis, selv blomsternes farve og duft, og glansen og skønheden af dyrenes pels. Det skyldes, at Gud har sørget for alt i overensstemmelse med niveauet af tro hos folk på hvert sted i himlen.

Selv mennesker på denne jord har forskellige standarter for, hvad der er smukt. Eksperter i blomster vil for eksempel bedømme en blomsts skønhed ud fra mange forskellige kriterier. I himlen har blomsterne forskellig duft alt efter, hvor de befinder sig. Selv inden for samme sted har hver blomst sin unikke duft.

Gud har sørget for blomsterne på en sådan måde, at folk i det Første Rige får det godt, når de indånder blomsternes duft. Frugterne har naturligvis også forskellig smag forskellige steder i himlen. Gud har sørget for hver frugts farve og lugt alt efter niveauet i den særlige del af himlen.

Hvordan forbereder man sig på at modtage en vigtig gæst? Man forsøger at ramme gæstens smag på den måde, som vil være mest behagelig for vedkommende.

På samme måde har Gud sørget for alt med omtanke, sådan at hans børn vil være tilfredse i alle aspekter.

2. Hvilken slags mennesker kommer i det Første Rige?

Paradis er stedet i himlen for de mennesker, som er på troens første niveau, og som bliver frelst ved at tro på Jesus Kristus, men som rent faktisk ikke har gjort noget for Guds rige. Hvad er det så for en slags mennesker, som kommer i den Første Rige i himlen, som ligger over Paradis, og som lever evigt der?

Mennesker, som forsøger at handle i overensstemmelse med Guds ord

Det Første Rige i himlen er stedet for de mennesker, som har taget imod Jesus Kristus og som har forsøgt at leve i overensstemmelse med Guds ord. Der er tale om de mennesker, som lige har taget imod Herren, og som går i kirke om søndagen og lytter til Guds ord, men de ved ikke for alvor, hvad synd er, hvorfor de bør bede, og hvorfor de skal skille sig af med deres synder. De mennesker, som er på troens første niveau, har oplevet glæden ved den første kærlighed, der bliver født af vand og Helligånden, men de indser ikke, hvad synd er og har endnu ikke opdaget deres egne synder.

Men hvis man når troens andet niveau, indser man, hvad der er synd og retfærdighed med Helligåndens hjælp. Så forsøger man at leve i overensstemmelse med Guds ord, men man er ikke i stand til at gøre det umiddelbart. Det er ligesom en baby, der lærer at gå: Han falder mange gange, men fortsætter med at øve sig.

Det Første Rige er stedet for denne slags mennesker, som forsøger at leve i overensstemmelse med Guds ord, og der vil blive uddelt kranse, som ikke visner. Ligesom idrætsmænd må følge spillets regler (Andet Timotheusbrev 2:5-6), må Guds børn kæmpe troens gode kamp i overensstemmelse med sandheden. Hvis man omgås reglerne i det spirituelle rige, som er Guds lov, er man som en idrætsmand, der ikke følger reglerne, og man har død tro. I så fald vil man ikke blive anset for deltager, og man vil ikke få nogen krans.

Alle, som kommer i det Første Rige, vil få en krans, fordi de har forsøgt at leve i overensstemmelse med Guds ord, selv om deres gerninger ikke har været tilstrækkelige. Det er dog stadig en skamfuld frelse, for disse mennesker har ikke levet i fuldstændig overensstemmelse med Guds ord, selv om de har haft tro nok til at komme i det Første rige.

En skamfuld frelse, hvis arbejdet brændes op

Hvad er da helt præcist en skamfuld frelse? I Første Korintherbrev 3:12-15 ser man, at det arbejde, et menneske har bygget op, enten kan overleve eller blive brændt op:

"Hvis nogen bygger på grundvolden med guld, sølv, ædelstene, træ, hø, halm skal det vise sig, hvad slags arbejde enhver har udført. Dagen skal gøre det klart, for den bryder frem med ild, og ilden skal prøve, hvordan hver enkelts arbejde er. Hvis det, han har bygget, bliver stående, skal han få løn, men hvis hans arbejde går op i luer, skal han gå glip af lønnen, men selv blive frelst, dog som gennem ild."

"Grundvolden" henviser her til Jesus Kristus, og det betyder, at hvad man end bygger på denne grundvold, så vil ens arbejde blive åbenbaret gennem prøvelser såsom ild.

Det arbejde, der er udført af mennesker, som har tro som guld, sølv eller ædelstene, vil blive stående selv gennem ildprøver, for de har handlet efter Guds vilje. Men det arbejde, som mennesker med tro som træ, hø eller halm har udført, vil blive brændt bort, når detstår overfor ildprøverne, for de kan ikke handle i overensstemmelse med Guds ord.

Disse mål for tro inddeles på trosniveauerne på følgende måde: Guld er det femte (det højeste), sølv er det fjerde, ædelstene er det tredje, træ er det andet, og hø er det første (og laveste) trosniveau. Træ og hø har liv, og troen som træ eller hø betyder, at man har en levende, omend svag tro. Halm er derimod tørt og har ikke engang liv, så det henviser til alle dem, som ikke har nogen tro.

De, som ikke har nogen tro overhovedet, har ikke noget med frelse at gøre. Folk med tro som træ eller hø, hvis arbejde vil brænde op i ildprøver, vil få en skamfuld frelse. Gud vil anerkende troen af guld, sølv eller ædelstene, men ikke troen af træ eller hø.

Tro uden handling er død tro

Nogle vil måske tænke: "Jeg har været kristen i lang tid, så jeg må være kommet forbi troens første niveau, så jeg i det mindste kan komme i det Første Rige." Men hvis man for alvor har tro, vil man naturligvis leve i overensstemmelse med Gud ord. På samme måde vil både det Første Rige og måske også Paradis være udenfor ens rækkevidde, hvis man bryder loven og ikke skiller sig af med sine synder.

Bibelen spørger i Jakobsbrevet 2:14: *"Hvad nytter det, mine brødre, hvis et menneske siger, han har tro, men ikke har gerninger? Ka den tro måske frelse ham?"* Hvis man ikke har nogen gerninger, kan man ikke blive frelst. Troen uden gerninger er død. Så de mennesker, som ikke kæmper mod synden, kan ikke frelses, for de er ligesom en mand, der fik et pund, og lagde det i et tørklæde (Lukasevangeliet 19:20-26).

"Pundet" henviser her til Helligånden. Gud giver Helligånden som gave til dem, som åbner deres hjerter og tager imod Jesus Kristus som deres personlige Frelser. Helligånden hjælper os med at indse, hvad der er synd, retfærdighed og dom, og den hjælper os med at blive frelst og komme i himlen.

Hvis man bekender sin tro på Gud, men ikke omskære sit hjerte ved enten at følge Helligåndens ønsker eller ved at handle i overensstemmelse med sandheden, så vil Helligånden ikke forblive i ens hjerte. Men hvis man omvendt skiller sig af med sine synder og handler i overensstemmelse med Guds ord med Helligåndens hjælp, så kan man efterligne Jesus Kristi hjerte, som er sandheden selv.

Guds børn, som har fået Helligånden som gave, bør derfor helliggøre deres hjerter og bære Helligåndens frugt for at opnå en perfekt frelse.

Fysisk trofast, men spirituelt uomskåret

Gud åbenbarede engang for mig, at et medlem, som var gået bort, var kommet i det Første Rige. Dette viste mig, hvor vigtigt det er, at troen ledsages af handlinger. Han tjente som medlem af kirkens finansafdeling i over 18 år uden at bedrage sit hjerte. Han var også trofast i andre arbejder for Gud, og blev tildelt titlen som ældre. Han forsøgte at bære frugt i adskillige forretninger og at ære Gud, og spurgte ofte sig selv: "Hvordan kan jeg opnå Gud rige i højere grad?"

Han var dog ikke særlig succesfuld, for han bragte til tider skam over Gud ved ikke at følge den rette vej på grund af sine kødelige tanker og hans hjerte søgte ofte sit eget bedste. Han kom til tider med uærlige bemærkninger, blev vred på andre og var ulydig overfor Guds ord i mange henseender.

Med andre ord var han fysisk trofast, men omskar ikke sit hjerte, hvilket er det vigtigste, og han blev dermed på troens andet niveau. Desuden ville han ikke havde holdt fast i troen, hvis hans økonomiske og interpersonelle problemer havde fortsat, for så ville han være gået på kompromis med uretfærdigheden.

Til sidst var hans tro i så voldsom tilbagegang, at han måske ikke engang ville være kommet i Paradis, men Gud kaldte hans sjæl til sig på det bedste tidspunkt.

Gennem spirituelle kommunikationer efter hans død

udtrykte han sin taknemmelighed og angrede mange ting. Han angrede blandt andet, at han havde såret mange pastorers følelser ved ikke at følge sandheden; at han havde været årsag til, at andre var gået bort fra den rette vej, og at han ikke i højere grad havde handlet efter Guds ord. Han sagde også, at han havde følt sig presset på denne jord, fordi han ikke angrede sine fejl grundigt, men nu var han lykkelig over at kunne bekende alt.

Endelig sagde han, at han var taknemmelig over, at han ikke var endt i Paradis som ældre. Det var også skamfuldt at være i det Første Rige som ældre, men han havde det bedre med det, fordi Første Rige er langt herligere end Paradis.

Man bør derfor indse, at det vigtigste er at omskære sit hjerte, og at dette kommer før fysisk trofasthed og titler.

Gud fører sine børn til det bedste sted i himlen gennem prøvelser

Ligesom en idrætsmand må gennemføre hård træning og mange timers øvelse for at vinde, må man også gennemgå prøvelser for at komme til de bedste steder i himlen. Gud lader sine børn blive udsat for prøvelser for at lede dem til bedre steder i himlen, og prøvelserne kan inddeles i tre kategorier.

For det første er der prøvelser for at skille sig af med synder. For at blive Guds sande barn må man kæmpe mod synderne til blodet flyder og skille sig helt af med dem. Gud straffer til tider sine børn, fordi de ikke skiller sig af med det usande, men derimod fortsætter med at leve i synd (Hebræerbrevet 12:6). Ligesom forældre til tider straffer deres børn for at lede dem på rette vej, tillader Gud til tider prøvelser af sine børn for at gøre dem perfekte.

For det andet er der prøvelser, som skal gøre folk til gode kar og give dem velsignelser. David reddede sine får ved at dræbe den bjørn eller løve, der angreb hans flok, selv da han var ung. Han havde så stor tro, at han endda dræbte Goliat, som var frygtet af hele den israelske hær, med sin slynge og en sten, kun ved at sætte sin lid til Gud. Han måtte dog stadig gennemgå prøvelser som for eksempel at blive forfulgt af kong Saul, for Gud ønskede at gøre David til et stort kar og en stor konge.

For det tredje er der prøvelser, som skal sætte en stopper for dovenskaben, for folk bliver måske væk fra Gud, hvis de er i fred. For eksempel er der mennesker, som er trofaste i Guds rige, og derfor får de finansielle velsignelser. Så holder de op med at bede, og deres entusiasme for Gud køler ned. Hvis Gud lader dem fortsætte sådan, vil de måske falde i døden. Så han lader den få prøvelser, sådan at de igen tænker klart.

Man bør skille sig af med sine synder, handle retfærdigt, og være et godt kar i Guds øjne, og man bør forstå, hvorfor Gud tillader prøvelser i troen. Jeg håber, at du fuldt ud vil modtage de forunderlige velsignelser, som Gud har beredt.

Nogle vil måske sige: "Jeg ønsker at ændre mig, men det er vanskeligt, selv om jeg forsøger." Men sådan bør man ikke sige, for det er ikke for alvor svært at ændre sig, og en sådan udtalelse skyldes i højere grad, at vedkommende mangler iver og lidenskab til at ændre sig dybt i sit hjerte.

Hvis man for alvor indser den spirituelle betydning af Guds

ord, og forsøger at ændre sig af hjertets grund, så kan man hurtigt gøre det, for Gud giver styrke og nåde til det. Helligånden hjælper naturligvis også. Hvis man kun kender Guds ord i sit hoved som ren viden, men ikke handler i overensstemmelse med det, så er det sandsynligt, at man bliver stolt og indbildsk, og så vil det være vanskeligt at blive frelst.

Derfor beder jeg i Herrens navn om, at du ikke vil miste lidenskaben og glæden ved den første kærlighed, og at du vil fortsætte med at følge Helligåndens ønsker, sådan at du vil opnå et bedre sted i himlen

Kapitel 8

Det Andet Rige i Himlen

1. Der gives smukke huse til hver enkelt
2. Hvilken slags mennesker kommer i det Andet Rige?

Jeres ældste formaner jeg
som medældste og som vidne om Kristi lidelser
og som den, der har del i den herlighed
der skal åbenbares:
Vær hyrder for Guds hjord hos jer,
vogt den, ikke af tvang,
men frivilligt, som Gud vil det,
ikke for ussel vindings skyld,
men glad og gerne.
Gør jer ikke til herskere over dem,
I har ansvaret for,
men vær forbillede for hjorden;
og når hyrden over alle hyrder åbenbares,
skal I få herlighedens uvisnelige sejrskrans.

- Første Petersbrev 5:1-4 -

Uanset hvor meget, man hører om himlen, så vil det ikke være til nogen nytte, hvis man ikke indser det i sit hjerte, for man vil ikke kunne tro det. Ligesom en fugl, der spiser de frø, der bliver sået på vejen, vil Satan og djævlen tage ordene om himlen (Matthæusevangeliet 13:19). Men hvis man lytter til ordet om himlen og forstår det, så kan man leve et liv i tro og håb, og skabe afgrøder, som giver tredve, tres eller hundred gange mere, end der blev sået. Når man handler i overensstemmelse med Guds ord, vil man ikke alene udføre sin pligt, men også være hellig og betroet i hele Guds hus. Så hvilken slags sted er det Andet Rige i himlen, og hvilken slags mennesker kommer dertil?

1. Der gives smukke huse til hver enkelt

Jeg har allerede forklaret, at de mennesker, om kommer i Paradis eller det Første Rige, får en skamfuld frelse, for deres arbejde kan ikke modstå ildprøven. De mennesker, som kommer i det Andet Rige, har dog en tro, som består ildprøven, og de modtager belønninger, som ikke kan sammenlignes med dem, som gives i Paradis eller i det Første Rige. Dette sker i overensstemmelse med Guds retfærdighed, hvor der lønnes efter, hvad der er blevet sået.

Hvis lykken hos en person, som er kommet i det Første Rige, kan sammenlignes med lykken hos en guldfisk i et akvarium, så kan lykken hos et menneske i det Andet Rige sammenlignes med

Himlen I

lykken hos en hval i Stillehavet.

Lad os nu se nærmere på karakteristika i det Andet Rige, og fokusere på husene og livet der.

Etplans individuelle huse gives til hver enkelt

Husene i det Første Rige er ligesom lejligheder, men i det Andet Rige er de fuld ud selvstændige og private etplansbygninger. Husene i det Andet Rige kan ikke sammenlignes med noget smukt hus, hytte eller sommerhus i denne verden. De er store, smukke og pynteligt dekoreret med blomster og træer.

Hvis man kommer i det Andet Rige, vil man ikke alene få et hus, men også blive tildelt sin yndlingsting. Hvis man ønsker sig en svømmepøl, vil man få en, der er smukt dekoreret med guld og alle former for juveler. Hvis man ønsker sig en smuk sø, vil man få det. Hvis man ønsker sig en dansesal, vil man også få det. Hvis man er glad for at vandre, vil man få en smuk sti fuld af forunderlige blomster og planter, og med mange dyr, der leger ved vejkanten.

Men selv om man ønsker sig alle disse ting, både svømmepøl, sø, dansesal, sti og så videre, så vil man kun få den ting, man ønsker sig allermest. Da folk i det Andet Rige har forskellige ting, vil de besøge hinandens huse og sammen nyde tingene.

Hvis en person, som har en dansesal, men ikke en svømmepøl, ønsker at svømme, kan han besøge sin nabo, som har en svømmepøl, og svømme sammen med naboen. I himlen tjener folk hinanden, og de føler sig aldrig generet og afviser aldrig en gæst. I stedet gør det dem endnu mere glade og lykkelige at være til tjeneste. Så hvis man ønsker at foretage sig noget bestemt, kan man besøge sine naboer og nyde aktiviteten sammen med dem.

Det Andet Rige er langt bedre end det Første Rige i alle aspekter. Dog kan det naturligvis ikke sammenlignes med Ny Jerusalem. Der er ingen engle, som tjener Guds børn hver især. Husenes størrelse, skønhed og herlighed er meget anderledes, og det er materialet, farverne og klarheden af de juveler, som er brugt til at dekorere husene med også.

Dørskilt med smukt og strålende lys

Et hus i det Andet Rige er en etplansbygning med et dørskilt. På dørskiltet står der, hvem der ejer huset, og i særlige tilfælde står der også navnet på den kirke, ejeren har tjent. Smukke og strålende lys skinner om kap med ejerens navn i himmelske bogstaver, der ligner arabisk eller hebraisk. Så folk i det Andet Rige vil se det og sige: "Åh, det er huset for den-og-den, som tjente den-og-den kirke!"

Hvorfor vil navnet på kirken blive skrevet? Gud gør det for at navnet på den kirke, som byggede Den Store Kirke for at modtage Herren ved hans genkomst, vil give medlemmerne stolthed og ære.

Husene i det Tredje Rige og Ny Jerusalem har dog intet dørskilt. Der er ikke ret mange mennesker i hvert rige, og man kan genkende de mennesker, der bor i disse huse på det unikke lys og den aroma, der kommer ud af husene.

At være ked af ikke at være fuldt ud hellig

Nogle vil måske undre sig og tænke: "Vil det ikke være upraktisk i himlen at der ikke er nogen private huse i Paradis og at folk i det Andet Rige kun kan eje en ting?" I himlen er der dog ikke noget, der er utilstrækkeligt eller upraktisk. Folk føler aldrig ubehag over at leve sammen. De er ikke påholdende med at dele deres ejendele med hinanden. De er derimod taknemmelige for at være i stand til at dele deres ejendele med andre, og anser det for en kilde til stor lykke.

De er hverken kede af kun at have en personlig ejendel, eller bliver misundelige på ting, som andre har. I stedet er de altid dybt rørt og taknemmelige overfor Gud Fader, fordi de har fået langt mere, end de fortjener, og de er altid tilfredse og uforanderligt glade og lykkelige.

Der er kun en ting, de er kede af, og det er, at de ikke forsøgte ihærdigt nok og at de ikke har været fuldt ud hellige, mens de levede på denne jord. De er kede af og skamfulde over at stå frem for Gud, for de skilte sig ikke af med al ondskaben i sig. Når de ser de mennesker, som er kommet i det Tredje Rige eller i Ny Jerusalem, så misunder de dem ikke deres store huse og herlige belønninger, men de er kede af, at de ikke selv havde gjort sig fuldt ud hellige.

Da Gud er retfærdig, lader han os høste, som vi sår, og belønner os i overensstemmelse med, hvad vi har gjort. Derfor giver han os boliger og belønninger i himlen alt efter i hvor høj grad, man er blevet hellig og har været trofast på denne jord. Afhængig af i hvor høj grad man har levet efter Guds ord, vil han belønne os og give rundhåndet.

Hvis man har levet fuldstændig i overensstemmelse med Guds ord, vil han give hvad som helst, man ønsker sig i himlen. Men har man ikke fuldt ud levet efter Guds ord, vil han dog stadig belønne rundhåndet i forhold til de ting, man har gjort.

Uanset hvilket niveau af himlen, man kommer til, vil man altid være taknemmelig overfor Gud for at have givet os meget mere end det, vi har gjort os fortjent til på denne jord, og for at kunne leve til evig tid i lykke og glæde.

Herlighedens sejrskrans

Gud, som belønner rundhåndet, giver en uvisnelig krans til dem, som kommer i det Første Rige. Hvilken slags krans giver han så til dem, der kommer i det Andet Rige? Selv om de ikke blev fuldt ud hellige, så ærede de Gud ved at gøre deres pligter. Derfor vil de modtage herlighedens sejrskrans. Hvis man læser Første Petersbrev 5:1-4, ser man at herlighedens sejrskrans gives som belønning til dem, som sætter et eksempel ved at leve trofast i overensstemmelse med Guds ord:

> *"Jeres ældste formaner jeg som medældst og som vidne om Kristi lidelser og som den, der har del i den herlighed, som skal åbenbares: Vær hyrder for Guds hjord hos jer, vogt den, ikke af tvang, men frivilligt, som Gud vil det, ikke for ussel vindings skyld, men glad og gerne. Gør jer ikke til herskere over dem, I har ansvaret for, men vær forbillede for hjorden; og når hyrden over alle hyrder åbenbares, skal I få herlighedens uvisnelige sejrskrans."*

Når der står "herlighedens uvisnelige sejrskrans," skyldes det, at enhver krans i himlen er evig og aldrig visner. Man må indse, at himlen er et perfekt sted, hvor alt er evigt, og hvor selv en krans ikke visner.

2. Hvilken slags mennesker kommer i det Andet Rige?

Omkring Seoul, som er hovedstaden i den Koreanske Republik, er der forstæder, og omkring disse er der små byer. I himlen er der på samme måde det Tredje Rige, hvor Ny Jerusalem ligger, og rundt om det ligger det Andet Rige, der Første Rige og Paradis.

Det Første Rige er stedet for dem, som er på troens andet niveau, og som forsøger at leve efter Guds ord. Så hvilken slags mennesker kommer i det Andet Rige? Det gør mennesker på troens tredje niveau, som lever efter Guds ord. Lad os se nærmere på, hvilken slags mennesker, der kommer i det Andet Rige.

Det Andet Rige:
Stedet for folk, som ikke er fuldstændig hellige

Man kan komme i det Andet Rige, hvis man lever i overensstemmelse med Guds ord og udfører sine pligter, selv om ens hjerte endnu ikke er fuldt ud helligt.

Hvis man er smuk, intelligent og klog, vil man gerne have, at ens børn ligner en. På samme måde ønsker Gud, som er hellig og perfekt, at hans sande børn skal efterligne ham. Han ønsker, at hans børn elsker ham og overholder hans bud – og at de overholder hans bud, fordi de elsker ham, og ikke af pligt. Ligesom man vil gøre hvad som helst, selv meget vanskelige ting, for mennesker, som man oprigtigt elsker, så vil man overholde Guds bud med glæde af hjertet, hvis man i sandhed elsker ham. Man vil adlyde ubetinget med glæde og taknemmelighed; overholde det, som han siger, at man skal overholde; skille sig af med det, som han siger, at man skal skille sig af med; undlade at gøre det, som han forbyder; og gøre det, han siger, man skal. Men de mennesker, som er på troens tredje niveau, handler ikke efter Guds ord med fuldstændig glæde og taknemmelighed i deres hjerter, for de har endnu ikke nået dette niveau af kærlighed.

I Bibelen er der beskrivelser af kødets gerning (Galaterbrevet 5:19-21) og af kødets lyster (Romerbrevet 8:5). Når man handler ud fra det onde, som man har i hjertet, kaldes det kødets gerning. Syndens natur, som man har i sit hjerte, men som endnu ikke har vist sig i handling, kaldes kødets lyster.

De mennesker, som er på troens tredje niveau, har skilt sig af med alle kødets gerninger, som er synlige udadtil, men de har stadig kødets lyster i deres hjerter. De overholder det, som Gud siger, at de skal overholde; skiller sig af med det, som Gud siger, at de skal skille sig af med; undlader at gøre det, som Gud forbyder dem; og gør det, som Gud siger, at de skal gøre. Men det onde i deres hjerter er endnu ikke fjernet fuldstændig.

Hvis man gør sin pligt kan man således komme i det Andet Rige, selv om hjertet endnu ikke er fuld ud helligt. "Hellighed" henviser til en tilstand, hvor man har skilt sig af med alle slags ondskab, og kun har godhed i hjertet.

Lad os sige som eksempel, at man hader en person. Hvis man

har lyttet til Guds ord, som siger "Man må ikke hade," vil man forsøge ikke at hade dette menneske. Resultatet vil være, at man ikke længere hader ham. Men hvis man ikke for alvor elsker ham i sit hjerte, er man endnu ikke fuld ud hellig.

Det er derfor afgørende at kæmpe for at skille sig af med sine synder indtil blodet flyder, hvis man vil have sin tro til at vokse fra det tredje til det fjerde niveau af tro.

Folk som har gennemført deres pligt ved Guds nåde

Det andet rige er stedet for dem, som ikke har helliggjort deres hjerter fuldstændig, men som har gennemført den pligt, som Gud har pålagt dem. Lad os se nærmere på den slags mennesker, som kommer i det Andet Rige, ved at se på et medlem, som gik bort mens hun tjente Manmin Joong-ang kirken.

Dette medlem kom sammen med sin mand til Manmin Joong-ang kirken det år, den blev grundlagt. Hun havde lidt af en alvorlig sygdom, men blev helbredt efter at hun havde modtaget min bøn, og hendes familie blev troende. De voksede i troen, og hun blev senior diakonisse, hendes mand blev ældre og deres børn voksede op og tjente Herren som pastor, præstefrue og missionær.

Denne kvinde magtede ikke at skille sig af med alle former for ondt, og hun udførte i lang tid ikke fuldt ud sin pligt, men hun angrede med Guds nåde, gennemførte sin pligt og gik bort. Gud lod mig vide, at hun ville komme til det Andet Rige i himlen, og lod mig kommunikere med hende i ånden.

Da hun kom i himlen, var hun mest ked af, at hun ikke havde

skilt sig af med alle sine synder for at blive fuldstændig hellig, og at hun ikke havde været taknemmelig af hjertets grund overfor den hyrde, som havde bedt for hendes helbredelse og ført hende med kærlighed.

Hun tænkte også, at i betragtning af, hvad hun havde gennemført med tro, hvordan hun havde tjent Herren og hvad hun havde sagt, burde hun kun være kommet i det Første Rige. Men på et tidspunkt, hvor hun kun havde kort tid tilbage på denne jord, voksede hendes tro hurtigt gennem hendes hyrdes kærlige bøn og hendes handlinger, som behagede Gud, og hun var dermed i stand til at komme i det Andet Rige.

Hendes tro voksede rent faktisk meget hurtigt, før hun gik bort. Hun koncentrerede sig om bøn og omdelte tusindvis af kirkens nyhedsbreve i sin bydel. Hun tænkte ikke på sig selv, men tjente Herren trofast.

Hun fortalte mig om det hus, som hun ville få i himlen. Hun sagde, at selv om det var et etplanshus, så var det dekoreret forunderligt med smukke blomster og træer, og det var så stort og pragtfuldt, at det ikke kan sammenlignes med noget hus på denne jord.

Sammenlignet med husene i det Tredje Rige og Ny Jerusalem var det naturligvis ligesom en stråhytte, men hun var yderst taknemmelig og tilfreds, for hun følte ikke, at hun havde fortjent det. Hun ønskede at videregive følgende besked til sin familie, sådan at de kunne komme i Ny Jerusalem:

"**Himlen er inddelt meget præcist. Herligheden og lyset er forskellige på hvert sted, så jeg opfordrer dem påtrængende til at komme til Ny Jerusalem. Jeg ville** gerne fortælle min familie, som stadig er på jorden, at det er skammeligt ikke at have skilt sig af med alle synderne, når man møder sin Fader Gud i himlen. Husenes pragt og de belønninger, Gud giver til dem, som kommer i Ny Jerusalem, er misundelsesværdig, og jeg vil gerne fortælle min familie, hvor trist og skamfuldt det er ikke at have skilt sig af med alle former for ondt overfor Gud. Jeg ville gerne formidle dette budskab til min familie, sådan at de skiller sig af med alle former for ondt og kommer til det strålende sted Ny Jerusalem."

Jeg anmoder derfor alle om at indse, hvor værdifuldt og dyrebart det et at gøre sit hjerte helligt og at hellige sit daglige liv Gud rige og retfærdighed med håb om himlen, så man vil være i stand til at gå energisk frem mod Ny Jerusalem.

Mennesker, som er trofaste i alt, men ulydige på grund af deres forkerte opfattelse af retfærdighed

Lad os nu se på det andet medlem, som elskede Herren og udførte sin pligt trofast, men som ikke kunne komme i det Tredje Rige på grund af mangler i hendes tro.

Hun kom til Manmin Joong-ang kirken på grund af sin mands sygdom, og blev et meget aktivt medlem. Hendes mand blev båret til kirken på en båre, men hans smerte forsvandt, og hans rejste sig og gik. Man kan forestille sig, hvor taknemmelig og glad, hun må have været! Hun var altid taknemmelig overfor Gud, som helbredte hendes mands sygdom, og overfor pastoren, som bad for hende med kærlighed. Hun var altid trofast. Hun bad for Guds rige og for sin hyrde til enhver tid, omend hun gik, sad eller stod, ja, selv når hun lavede mad.

Hun elskede desuden sine brødre og søstre i troen, så hun trøstede andre frem for at søge trøst, og hun opmuntrede andre troende og tog sig af dem. Hun ønskede kun at leve i overensstemmelse med Guds ord, og forsøgte at skille sig af med alle sine synder indtil blodet flød. Hun var aldrig misundelig og længtes aldrig efter verdslige ejendele, men koncentrerede sig fuldt ud om at prædike budskabet for side naboer.

Da hun var så trofast overfor Guds rige, blev mit hjerte inspireret af Helligånden ved synet af hendes loyalitet, og jeg bad hende påtage sig pligter ved mine gudstjenester. Jeg var overbevidst om, at hvis hun udførte sin pligt med trofasthed, så ville hele hendes familie inklusiv hendes mand få spirituel tro.

Hun kunne dog ikke adlyde, for hun overvejede sine omstændigheder og blev opslugt af sine kødelige tanker. Lidt senere gik hun bort. Jeg var sønderknust, og mens jeg bad til Gud, kunne jeg høre hendes bekendelse gennem spirituel kommunikation.

"**Selv om jeg angrede og angrede, at jeg ikke adlød hyrden, så kan man ikke skrue tiden tilbage. Så jeg beder for Guds rige og for hyrden mere end nogensinde.** En ting, som jeg må fortælle mine kære brødre og søstre er, at det, som hyrden siger, er Guds vilje. Det er den største synd at være ulydig overfor Guds vilje, og vrede er ligeledes en stor synd. Folk har mange problemer på grund af vrede, og jeg har fået ros for ikke at blive vred, men at gøre mit hjerte ydmygt, og at stræbe efter at adlyde af hele mit hjerte. Jeg er blevet en person, som blæser Herrens trompet. Den dag, hvor jeg vil tage imod mine brødre og søstre, kommer snart. Jeg håber oprigtigt, at mine kære brødre og søstre tænker klart og ikke har nogen mangler, sådan at de også vil se frem til denne dag."

Hun betroede mig meget mere end dette, og fortalte mig, at grunden til, at hun ikke kunne komme i det Tredje Rige, var hendes ulydighed.

"Der var nogle få ting, som jeg ikke adlød, før jeg kom til dette rige. Jeg sagde til tider: "Nej, nej, nej," mens jeg lyttede til budskabet. Jeg udførte ikke min pligt ordentligt. Da jeg tænkte, at jeg ville udføre min pligt, når mine omstændigheder blev bedre, lyttede jeg til mine kødelige tanker. Dette var en stor fejl i Gud øjne."

Hun sagde også, at hun havde været misundelig på pastorerne og på dem, som tog sig af kirkens økonomi, fordi hun havde tænkt, at de ville få store belønninger i himlen. Men hun fortalte efter hun kom i himlen, at dette rent faktisk ikke var tilfældet.

"Nej og atter nej. Kun de mennesker, som handler i overensstemmelse med Guds vilje, vil få belønninger og velsignelser. Hvis lederne begår en fejl, er det en langt større synd, end når et almindeligt medlem begår en fejl. De er nødt til at bede mere. Lederne må være mere trofaste. De må undervise bedre. De må have evnen til at skelne. Det er derfor, der står i et af de fire evangelier, at den blinde leder den blinde. Det er det, der menes med ordene: *"Kun få af jer skal være lærere."* Man vil blive velsignet, hvis man gør sit bedste i sin position. Den dag, hvor vi skal møde hinanden som Guds børn i det evige rige kommer snart. Derfor bør alle skille sig af med kødets gerninger, blive retfærdige, og have de passende kvalifikationer som Herrens brud uden skam, når de står overfor Gud."

Man bør derfor indse, hvor vigtigt det er at adlyde, ikke af pligt, men af hjertets lyst og kærlighed overfor Gud, og man bør helliggøre sit hjerte. Desuden bør man ikke alene gå i kirke, men også se på, hvilken slags himmelsk rige man kan komme til, hvis Faderen kalder ens sjæl i dette øjeblik.

Man bør forsøge at være trofast overfor alle sine pligter, og leve i overensstemmelse med Guds ord, så man vil være fuldstændig hellig og have alle de nødvendige kvalifikationer til at komme i Ny Jerusalem.

I Første Korintherbrev 15:41 står der, at hver person vil få forskellige herlighed i himlen. Der står: *"Solen og månen og stjernerne har hver sin glans, og stjerne adskiller sig fra stjerne i glans."*

Alle de mennesker, som bliver frelst, vil få evigt liv i himlen.

Men nogle vil komme i Paradis, mens andre vil komme til Ny Jerusalem, afhængig af målet af deres tro. Forskellen i herlighed er så stor, at den ikke kan udtrykkes med ord.

Derfor beder jeg i Herrens navn om, at du ikke vil forblive i troen kun for at blive frelst, men at du ligesom bonden, der solgte alle sine ejendele for at købe marken og grave skatten op, vil leve i overensstemmelse med Guds ord og skille dig af med alle former for ondt, sådan at du vil komme i Ny Jerusalem og være i den herlighed, der skinner som solen.

Kapitel 9

Det Tredje Rige i Himlen

1. Engle tjener hver af Guds børn
2. Hvilken slags mennesker kommer i det Tredje Rige?

Salig er den, som holder ud i prøvelser,
for når han har stået sin prøve,
vil han få livets sejrskrans,
som Gud har lovet dem,
der elsker ham.

- Jakobs Brev 1:12 -

Gud er ånd, og han er godheden, lyset og kærligheden selv. Det er derfor, han ønsker, at hans børn skal skille sig af med alle synder og alle former for ondt. Jesus, som kom til denne verden i menneskeligt kød, har ingen fejl, for han er Gud selv. Så hvilken slags menneske må man være for at blive en brud, som vil modtage Herren?

For at blive Guds sande barn og Herrens brud, som vil dele sand kærlighed med Gud for evigt, må man efterligne Guds hellige hjerte og gøre sig hellig ved at skille sig af med alle former for ondt.

Himlens Tredje Rige, som er stedet for de af Guds børn, som er hellige og som efterligner Guds hjerte, er meget anderledes end det Andet Rige. Da Gud hader det onde og elsker godheden meget højt, behandler han sine børn, som er hellige, på en helt særlig måde. Hvilken slags sted er da det Tredje Rige, og i hvor høj grad skal man elske Gud for at komme dertil?

1. Engle tjener hver af Guds børn

Husene i det Tredje Rige er meget mere pragtfulde og strålende end etplans husene i det Andet Rige. De er dekoreret med mange slags juveler og har alle de faciliteter, som ejeren ønsker.

Desuden er der engle, som tjener hver enkelt menneske, og de vil elske og beundre deres herre og tjene ham eller hende på bedste vis.

Private tjenende engle

Der står i Hebræerbrevet 1:14: *"Alle engle er jo kun tjenende ånder, der sendes ud for at hjælpe dem, som skal arve frelsen."* Engle er spirituelle væsener. De ligner mennesker med hensyn til form, idet de er blandt Guds skabninger, men de har hverken kød eller knogler, og kan hverken gifte sig eller dø. De har ikke personlighed ligesom mennesker, men deres viden og magt er meget større end menneskets (Andet Petersbrev 2:11).

I Hebræerbrevet 12:22 står der om tusindvis af engle, og der er utallige engle i himlen. Gud har lavet en orden og et hierarki englene imellem, givet dem forskellige opgaver, og tildeler dem forskellig autoritet afhængig af deres opgaver.

Så der er forskel englene imellem, og der er engle, den himmelske skare og ærkeengle. For eksempel er der Gabriel, der tjener som civil betjent, og som kommer med svar på bønner, Guds plan og åbenbaringer (Daniels Bog 9:21-23; Lukasevangeliet 1:19 og 1:26-27). Ærkeenglen Michael, er ligesom en militær tjenestemand, og er pastor for en himmelske skare. Han kontrollere kampen med onde ånder, og til tider bryder han selv mørkets kamplinje (Daniels bog 10:13-14, 10:21; Judas' Brev 1.9 og Johannesåbenbaringen 12:7-8).

Mellem disse engle, er der engle, som tjener deres herre rent privat. I Paradis, det Første Rige og det Andet Rige, er der engle, som til tider hjælper Guds børn, men der er ikke nogen, som tjener deres herre privat. Der er kun engle, som tager vare på græsset, blomsterstierne eller de offentlige faciliteter, sådan at der ikke er nogen ulejlighed, og der er engle, som afleverer Guds beskeder.

Men for dem, som er i det Tredje Rige eller Ny Jerusalem, bliver der tildelt private engle, fordi disse mennesker har elsket Gud og behaget ham. Det antal engle, der bliver tildelt, vil afhænge af, i hvor høj grad man ligner Gud og har behaget ham med sin lydighed.

Hvis en person har et stort hus i Ny Jerusalem, vil vedkommende få utallige engle, for det betyder, at ejeren efterligner Guds hjerte og har ført mange mennesker til frelse. Der vil være engle, som tager vare på huset, engle som passer faciliteterne og de ting, der bliver givet som belønning, og andre engle, som tjener deres herre privat.

Hvis man kommer i det Tredje Rige, vil man ikke alene få engle, som tjener en rent privat, men det vil også være engle, som tager sig af ens hus, og andre som fungerer som dørvogter og hjælper gæster. Man vil være meget taknemmelig overfor Gud, hvis man kommer i det Tredje Rige, for man får lov at regere til evig tid, mens man tjenes af de engle, som Gud giver som belønning.

Pragtfulde personlige fleretagers huse

Husene i det Tredje Rige er dekoreret med smukke blomster og træer med en vidunderlig aroma, og de har haver og søer. I søerne er der mange fisk, og folk kan tale med dem og dele deres kærlighed med dem. Der er også engle, som spiller smuk musik og folk kan prise Gud Fader sammen med dem.

Til forskel fra det Andet Rige, hvor folk kun må have en yndlingsting eller-facilitet, må mennesker i det Tredje Rige have hvad som helst, de ønsker, såsom en golfbane, en svømmepøl, en sø, en vandresti, en balsal og så videre. De behøver derfor ikke tage hen til naboen for at nyde noget, de ikke selv har, og de kan benytte deres ting, når de har lyst til det.

Husene i det Tredje Rige er fleretagers bygninger og er pragtfulde og store. De er dekoreret så smukt, at ingen milliardær i denne verden ville være i stand til at efterligne dem.

Husene i det Tredje Rige har intet dørskilt. Folk ved hvem ejeren er på grund af den unikke duft, der strømmer ud af huset, og som udtrykker ejerens rene og smukke hjerte.

Husene i det Tredje Rige har en anderledes duft og lysene har en anden klarhed. Jo mere ejeren efterligner Guds hjerte, jo smukkere og klare er duften og lysene.

I det Tredje Rige gives der også kæledyr, og de er langt mere smukke, blanke og kærlige end dyrene i det Første og det Andet Rige. Desuden gives der skybiler til offentlig brug, og folk kan rejse rundt i den grænseløse himmel lige så meget, de har lyst til.

Som det er blevet forklaret, kan folk i det Tredje Rige eje og gøre hvad som helst, de har lyst til. Livet i det Tredje Rige må være helt utænkeligt for os.

Livets sejrskrans

I Johannesåbenbaringen 2:10 bliver man lovet "livets sejrskrans," som vil blive givet til dem, der har været trofast overfor Guds rige indtil døden.

> *"Frygt ikke for, hvad du skal lide. Djævelen vil kaste nogle af jer i fængsel, så I prøves, og I får trængsel i ti dage. Vær tro indtil døden, og jeg vil give dig livets*

sejrskrans."

Frasen "vær tro indtil døden" henviser ikke kun til at være trofast med tro som en martyr, men også til ikke at gå på kompromis med verden og at blive fuldstændig hellig ved at skille sig af med alle synder, indtil blodet flyder. Gud belønner alle dem, som kommer i det Tredje Rige med livets sejrskrans, fordi de har været trofaste indtil døden og har overvundet alle slags prøvelser og vanskeligheder (Jakobsbrevet 1:12).

Når folk i det Tredje Rige besøger Ny Jerusalem, sætter de et rundt mærke på det højre hjørne af livets sejrskrans. Når folk i Paradis, det Første Rige eller det Andet Rige besøger Ny Jerusalem, sætter de et tegn på venstre side af brystet. Man kan på denne måde se, at herligheden er anderledes for folk i det Tredje Rige.

Men folk i Ny Jerusalem får en særlig behandling af Gud, så de har ikke brug for noget tegn til at adskille sig. De bliver behandlet på en helt særlig måde som Guds sande børn.

Husene i Ny Jerusalem

Husene i det Tredje Rige er helt anderledes end husene i Ny Jerusalem med hensyn til størrelse, skønhed og herlighed.

Når man taler om størrelse er det sådan, at hvis størrelsen på det mindste hus i Ny Jerusalem er 100, så er et hus i det Tredje Rige 60. Hvis for eksempel det mindste hus i Ny Jerusalem er 100.000 kvadratfod, så vil et hus i det Tredje Rige være 60.000 kvadratfod.

Størrelsen på de individuelle huse varierer dog meget, for den

171

Himlen I

afhænger fuldstændig af, hvor meget ejeren har gjort for at frelse så mange sjæle som muligt, og for at bygge Guds kirke. Som Jesus siger i Matthæusevangeliet 5:5: *"Salige er de sagtmodige, for de skal arve jorden."* Husets størrelse vil blive bestemt af, hvor mange mennesker husets ejer har ført til himlen med et ydmygt hjerte.

Så der er mange huse med mere end titusindvis af kvadratfod i det Tredje Rige og i Ny Jerusalem, men selv det største hus i det Tredje Rige er meget mindre end husene i Ny Jerusalem. Der ud over er der forskel på formen, skønheden og de juveler, der bliver brugt til husets dekoration.

I Ny Jerusalem er der ikke kun grundlæggelsens tolv juveler, men også mange andre smukke juveler. Der er juveler, som er utænkeligt store med smukke farver. Der er så mange typer, at man ikke kender navnet på dem alle, og nogle af dem skinner med dobbelt eller tredobbelt overlappende lys.

Der er naturligvis mange juveler i det Tredje Rige. Men til trods for deres variation kan juvelerne i det Tredje Rige ikke sammenlignes med dem i Ny Jerusalem. Der er ingen juveler, der skinner dobbelt eller tredobbelt i det Tredje Rige. Juvelerne i de Tredje Rige har et meget smukkere lys end dem i det Første eller det Andet Rige, men der er kun almindelige juveler, og selv samme type juvel er mindre smuk i disse riger end i Ny Jerusalem.

Folk, som er i det Tredje Rige udenfor Ny Jerusalem, der er fuldt af Guds herlighed, kigger derfor ind i byen og længes efter at være der til evig tid.

"Havde jeg bare anstrengt mig lidt mere og været mere betroet i hele Guds hus..."

"Hvis bare Faderen kalder mit navn en enkelt gang..."
"Hvis bare jeg bliver inviteret en gang til..."

Lykken og skønheden i det Tredje Rige er helt utænkelig, men de kan ikke sammenlignes med Ny Jerusalem.

2. Hvilken slags mennesker kommer i det Tredje Rige?

Når man åbner sit hjerte og tager imod Jesus Kristus som sin personlige Frelse, kommer Helligånden og lærer en om synd, retfærdighed og dom, og får en til at indse sandheden. Når man adlyder Guds ord, skiller sig af med alle former for ondt og bliver hellig, er man på et stadie, hvor ens sjæl har det godt – troens fjerde niveau.

De mennesker, som når troens fjerde niveau, elsker Gud meget højt og elskes af Gud, og de kommer i det Tredje Rige. Så hvilken slags mennesker har den form for tro, hvormed man kan komme i det Tredje Rige?

At være hellig ved at skille sig af med alle former for ondt

På det Gamle Testamentes tid fik folk ikke Helligånden. Derfor kunne de ikke af egen styrke skille sig af med de synder, som var dybt inde i hjertet. Således måtte de foretage en fysisk omskæring, og hvis det onde ikke viste sig i handling, blev det ikke regnet for en synd. Selv om et menneske havde tanker om at myrde en anden, blev det ikke anset for en synd, hvis ikke det resulterede i handling. Det var kun en synd, hvis tanken blev fuldbragt.

Men under tiden for det Nye Testamente kommer Helligånden ind i ens hjerte, når man tager imod Herre Jesus Kristus. Hvis hjertet ikke er helligt, kan man ikke komme i det Tredje Rige. Det skyldes, at det er muligt at omskære sit hjerte med Helligåndens hjælp.

Man kan derfor først komme i det Tredje Rige, når man skiller sig af med alle former for ondt såsom had, utroskab, grådighed og lignende, og bliver hellig. Hvilken type person har da et helligt hjerte? Det har den, som har den form for spirituel kærlighed, der beskrives i Første Korintherbrev 13, Helligåndens ni frugter i Galaterbrevet 5 og Saligprisningerne i Matthæusevangeliet 5, og som ligner Herren med hensyn til hellighed.

Det betyder naturligvis ikke, at man skal være på samme niveau som Herren. Ligegyldigt hvor meget et menneske skiller sig af med sine synder og bliver helligt, så vil vedkommendes niveau være meget anderledes end Guds, som er oprindelsen til lyset.

For at gøre sit hjerte helligt må man først skabe god jord i sit hjerte. Med andre ord må man gøre hjertet til god jord ved at undlade at gøre det, som Bibelen fortæller, at man ikke må, og skille sig af med det, som Bibelen fortæller, at man skal skille sig af med. Først da vil man være i stand til at bære god frugt af de frø, der bliver sået. Ligesom bonden sår frøene efter at have ryddet jordet, skal den sæd, der bliver sået i hjertet, spire, blomstre og bære frugt, når man gør det, som Gud fortæller, at man skal gøre, og overholder det, som han siger, at man skal overholde.

Helligheden henviser derfor til et stadie, hvor man er blevet renset fra den oprindelige og den selvpåførte synd ved Helligåndens gerning, efter at man er blevet født igen ved vand og Helligånden gennem troen på Jesu Kristi forløsende kraft. Det at få sine synder tilgivet ved at tro på Jesu Kristi blod, er anderledes end at skille sig af med syndens natur med Helligåndens hjælp og ved at bede flittigt og faste med jævne mellemrum.

Selv om man tager imod Jesus Kristus og bliver Guds barn, betyder det ikke, at alle synderne i ens hjerte fjernes fuldstændig. Man har stadig ondskab såsom had, stolthed og lignende i sig, og det er derfor afgørende at finde det onde i sig ved at lytte til Guds ord og kæmpe mod ondskaben, indtil blodet flyder (Hebræerbrevet 12:4).

Sådan skiller man sig af med kødets gerninger og går frem mod helliggørelse. Den tilstand, hvor man har skilt sig af med både kødets gerninger og kødets lyster i hjertet, er det fjerde niveau af tro, en hellig tilstand.

Man helliggøres først, når man har skilt sig af med synderne i sin natur

Hvilke synder har man da i sin natur? Man har alle de synder, som er blevet overleveret gennem livets sæd siden Adams ulydighed. Man kan for eksempel se, at en baby, som ikke engang er et år gammel, har et ondt sind. Selv om hans mor aldrig har lært ham noget ondt såsom had og jalousi, kan han blive vred og handle ondt, hvis hans mor giver bryst til naboens baby. Og han forsøger måske at skubbe naboens baby væk, og begynder at græde af vrede, hvis ikke moderen fjerner den anden baby.

Når selv en baby udviser onde handlinger, selv om han ikke har lært noget ondt, er det fordi, der er synd i hans natur. De selvpåførte synder er synder, som viser sig i fysiske handlinger på grund af de syndefulde lyster i hjertet.

Hvis man helliggøres fra den oprindelige synd, vil der naturligvis heller ikke være selvpåførte synder, for syndernes rod er blevet trukket op. Den spirituelle genfødsel er derfor begyndelsen til helliggørelsen, og helliggørelsen er perfektionen af genfødslen. Jeg håber derfor, at du vil leve et succesrigt kristent liv for at gennemføre helliggørelsen.

Hvis man virkelig ønsker at blive hellig og genvinde Guds tabte billede, så vil man være i stand til at skille sig af med synderne i sin natur ved Guds nåde og styrke med Helligåndens hjælp, hvis man gør sit bedste. Jeg håber, at du vil efterligne Guds hellige hjerte, ligesom han opfordrer dig til: *"I skal være hellige, for jeg er hellig"* (Første Petersbrev 1:16).

Hellig, men ikke fuldt betroet i Guds hus

Gud lod mig have spirituel kommunikation med en person, som var gået bort, og som havde kvalificeret sig til at komme i det Tredje Rige. Lågen til hendes hus er dekoreret med en perleport, hvilket skyldes, at hun bad vedholdende i sorg med tårer, mens hun var på denne jord. Hun var en trofast troende, som bad for Guds rige og retfærdighed, og for sin kirke, pastorerne og medlemmerne med vedholdenhed og tårer.

Før hun havde mødt Herren, havde hun været så fattig og uheldig, at hun ikke engang kunne eje et stykke guld. Efter at hun havde taget imod Herren, havde hun løbet mod helliggørelsen. Hun adlød sandheden, efter at hun havde indset, at det ikke var nok kun at lytte til Guds ord.

Hun udførte sin pligt godt, for hun fik megen undervisning af en præst, som Gud elsker højt, og som tjener ham godt. Derfor kunne hun slutte med at komme til et smukt og strålende sted i det Tredje Rige.

Desuden vil der blive placeret en klar juvel fra Ny Jerusalem ved husets låge. Denne juvel bliver givet til hende af den pastor, hun har tjent på jorden. Han vil udvælge den mellem de juveler, han har i sin dagligstue, og sætte den på lågen til hendes hus, når han besøger hende. Denne juvel vil være tegn på, at hun vil blive savnet af den pastor, hun tjente på denne jord, fordi hun ikke kom i Ny Jerusalem, selv om hun havde været meget hjælpsom overfor ham. Mange mennesker i det Tredje Rige vil misunde hende denne juvel.

Men hun vil ikke være ked af, at hun ikke er kommet i Ny Jerusalem. Hvis hun havde haft tilstrækkelig tro til at komme i Ny Jerusalem, ville hun have været sammen med Herren, de pastorer hun tjente på denne jord og andre elskede medlemmer af hendes kirke. Havde hun bare været lidt mere trofast på denne jord, kunne hun være kommet i Ny Jerusalem, men på grund af ulydighed mistede hun denne mulighed.

Men hun er taknemmelig og dybt rørt over den herlighed, der bliver givet hende i det Tredje Rige. Hun er fuld af taknemmelighed over, at hun har modtaget dyrebare ting som belønning, og hun kunne ikke have skaffet sig disse ting ved egen hjælp. Her er hendes bekendelse:

"Selv om jeg ikke kunne komme i Ny Jerusalem, som er fuld af Faderens herlighed, fordi jeg ikke var perfekt i alle henseender, så har jeg nu et stort hus her i det smukke Tredje Rige. Selv om det ikke er stort sammenlignet med husene i Ny Jerusalem, så har jeg fået så mange fantastiske og vidunderlige ting, at man slet ikke kan forestille sig det.

Jeg har ikke givet noget. Jeg har ikke gjort noget, som for alvor har været hjælpsomt. Og jeg har ikke gjort noget glædeligt for Herren. Men den herlighed, jeg har her, er så stor, at jeg kun kan være bedrøvet og taknemmelig. Jeg takker Gud for at lade mig være på dette herlige sted i det Tredje Rige."

Folk med martyriets tro

Ligesom den, der elsker Gud højt og gør hjertet helligt, kan komme i det Tredje Rige, kan man mindst komme i det Tredje Rige, hvis man har martyriets tro, hvormed man kan hellige alt, selv sit liv, til Gud.

Medlemmerne af de tidlige kristne kirker, som fastholdt deres tro, indtil de blev halshugget, brændt eller spist af løver i Colosseum i Rom, vil modtage belønninger som martyrer i himlen. Det er slet ikke let at blive martyr under så alvorlige forfølgelser og trusler.

Omkring os er der mange mennesker, som ikke holder Herrens dag hellig, eller som negligerer deres gudgivne pligter på grund af begær efter penge. Denne slags mennesker, som ikke kan adlyde en så lille ting, kan på ingen måde fastholde deres tro i livstruende situationer, og slet ikke blive martyrer.

Hvilken slags mennesker har martyriets tro? Det har de, som er retskafne og har uforanderlige hjerter ligesom Daniel i det Gamle Testamente. De mennesker, som er i syv sind, og søger deres eget bedste, går på kompromis med verden, og har derfor meget lille chance for at blive martyrer.

De mennesker, som virkelig kan blive martyrer, må have et uforanderligt hjerte ligesom Daniel. Han fastholdt troens retfærdighed vel vidende, at han ville komme i løvekuglen. Og han fastholdt sin tro indtil det sidste, hvor han blev smidt for løverne på grund af onde menneskers bedrag. Daniel afveg aldrig fra sandheden, for hans hjerte var rent og klart.

Det samme var gældende for Stefanus i det Nye Testamente. Han blev stenet til døde, mens han prædikede Herrens budskab. Stefanus var en hellig mand, som var i stand til at bede selv for de mennesker, som stenede ham til trods for hans uskyld. Så han må have været højt elsket af Herren! Han vil gå med Herren til evig tid i himlen, og hans skønhed og herlighed vil være enorm. Man bør derfor indse, at det vigtigste er at opnå retfærdighed og hellighed i hjertet.

I dag er der meget få mennesker, der har sand tro. Selv Jesus spurgte: *"Men når Menneskesønnen kommer, mon han så vil finde troen på jorden?"* (Lukasevangeliet 18:8). Hvor dyrebar vil man så ikke være i Guds øjne, hvis man bliver et helligt barn ved at fastholde troen og skille sig af med alle former for ondt i denne verden fuld af synd?

Jeg beder derfor i Herrens navn om, at du må bede flittigt

Himlen I

og helliggøre dit hjerte hurtigt, se frem til herligheden og de belønninger, som Gud Fader vil give dig i himlen.

Kapitel 10

Ny Jerusalem

1. Folk i Ny Jerusalem møder Gud ansigt til ansigt
2. Hvilken slags mennesker kommer til Ny Jerusalem?

*Og den hellige by, det ny Jerusalem,
så jeg komme ned fra himlen fra Gud,
rede som en brud,
der er smykket for sin brudgom.*
- Johannesåbenbaringen 21:2 -

I Ny Jerusalem, som er det smukkeste sted i himlen og fuldt af Guds herlighed, står Gud trone, Herrens og Helligåndens slotte og husene til de mennesker, som har behaget Gud med det højeste niveau af tro.

Husene i Ny Jerusalem bliver beredt på smukkeste måde, sådan som de kommende ejere ville ønske det. For at komme til Ny Jerusalem, der er klar og smuk som krystal, og dele sand kærlighed med Gud til evig tid, må man ikke alene efterligne Guds hellige hjerte, men også gøre sin pligt fuldt ud lige som Herre Jesus.

Hvilken slags sted er da Ny Jerusalem, og hvilken slags mennesker kommer dertil?

1. Folk i Ny Jerusalem møder Gud ansigt til ansigt

Ny Jerusalem, der også kaldes den hellige by, er smuk som en brud, der har smykket sig for sin brudgom. Folk her har det privilegium at møde Gud ansigt til ansigt, for hans trone står her.

Den kaldes også "herlighedens by," fordi man vil modtage Guds herlighed til evig tid, når man kommer i Ny Jerusalem. Murene er lavet af jaspis, og byen består af guld, der er så rent som glas. Den har tre porte på hver af de fire sider: nord, syd, øst og vest, og der er en engel, som vogter hver indgang. De tolv fundamenter for byen er lavet af tolv forskellige slags juveler.

Ny Jerusalems tolv perleporte

Hvorfor er de tolv porte til Ny Jerusalem lavet af perler? En musling er vedholdende i lang tid og bruger al sin energi på at lave en perle. På samme måde må man skille sig af med sine synder ved at kæmpe mod dem indtil blodet flyder, og være trofast indtil døden overfor Gud med vedholdenhed og selvkontrol. Gud har lavet portene af perler, fordi man skal overvinde vanskeligheder med glæde og udføre sin gudgivne pligt, selv om man går på den smalle sti.

Så når en person, som kommer i Ny Jerusalem, går gennem perleporten, fælder han tårer af glæde og begejstring. Han takker og ærer Gud, som har ført ham til Ny Jerusalem, på overvældende måde.

Så hvorfor har Gud lavet de tolv fundamenter af tolv forskellige juveler? Det skyldes, at kombinationen af de tolv juveler henviser til Herrens og Faderens hjerte.

Man bør derfor indse den spirituelle betydning af hver af disse juveler og opnå samme spirituelle mening i sit hjerte for at komme til Ny Jerusalem. Jeg vil forklare disse spirituelle betydninger detaljeret i *Himlen II: Fuld af Guds Herlighed*.

Huse i Ny Jerusalem i perfekt harmoni og afveksling

Husene i Ny Jerusalem er som slotte med hensyn til størrelse og pragt. Hvert hus er enestående og passer til ejerens præferencer, og det er perfekt med hensyn til harmoni og afveksling. Der kommer forskellige farver ud af juvelerne, og dette forstærker fornemmelsen af skønhed og herlighed, så den slet ikke kan beskrives med ord.

Folk kan se, hvem husene tilhører, bare ved at se på dem. De kan forstå i hvor høj grad dets ejer har behaget Gud, da han eller hun var på jorden, bare ved at se på herlighedens lys, som strømmer ud fra huset, eller på de juveler, der er benyttet til dekorationen.

Et hus, som tilhører en person, der blev martyr på denne jord, vil have mange dekorationer og mindetavler om ejerens hjerte og gerninger indtil martyriet. Mindetavlerne er udskåret i guld, og skinner klart. Der kan for eksempel stå: "Ejeren af dette hus blev martyr og opfyldte Faderens vilje den __ i __ måned, i året ____."

Selv fra lågen kan folk se det klare lys, som strømmer ud fra mindetavlen, hvor ejerens opnåelser er optegnet, og alle, som ser dette, vil bukke. Martyriet er en stor herlighed og belønning, og det er Guds stolthed og ære.

Da der ikke er nogen ondskab i himlen, vil folk automatisk bøje deres hoveder i overensstemmelse med personen rang og den dybte, hvormed han elskede Gud. Ligesom folk præsenterer mindetavler ved højtideligheder i anledning af særlige fortjenester, giver Gud også mindetavler til hver enkelt ved fejringer i anledning af hans ære og herlighed. Man vil se, at duften og lyset afhænger af typen af mindetavle.

Desuden udstyrer Gud folks huse med noget, der kan minde dem om deres liv på jorden. Man kan naturligvis se tidligere begivenheder fra denne jord på noget, der minder om et TV.

Guldkronen eller retfærdighedens sejrskrans

Hvis man kommer i Ny Jerusalem, vil man som udgangspunkt

få et hus og en guldkrone, og retfærdighedens sejrskrans vil blive tildelt afhængig af ens gerninger. Dette er den smukkeste og mest herlige krans i himlen.

Gud giver selv guldkronerne til dem, der kommer i Ny Jerusalem, og rundt om Guds trone sidder der fireogtyve ældste med guldkroner.

> *"Og rundt om tronen stod fireogtyve troner, og på tronerne sad fireogtyve ældste i hvide klæder og med guldkrone på hovedet"* (Johannesåbenbaringen 4:4).

"Ældste" henviser her ikke til en titel, som er givet i jordiske kirker, men til de mennesker, som er passende i Guds øjne og som anerkendes af Gud. De er hellige og har opnået både kirken i deres hjerte og den synlige kirke. At "opnå kirken i hjertet" henviser til at blive et åndeligt menneske ved at skille sig af med alt ondt. At opnå den synlige kirke vil sige at udføre sine pligter på denne jord til fulde.

Antallet fireogtyve står for alle mennesker, som er kommet gennem frelsens port ved troen ligesom de tolv stammer i Israel, og som er blevet hellige ligesom Herre Jesu tolv disciple. De "fireogtyve ældste" henviser dermed til Guds børn, som anerkendes af Gud, og som er betroede i hele Guds hus.

De mennesker, som har en tro som guld, der aldrig forandrer sig, vil derfor modtage guldkroner, og dem, som længes efter Herrens genkomst ligesom apostelen Paulus, vil få retfærdighedens sejrskrans.

> *"Jeg har stridt den gode strid, fuldført løbet og*

bevaret troen. Nu har jeg retfærdighedens sejrskrans i vente, som Herren, den retfærdige dommer, på den dag vil give mig – og ikke alene mig, men alle dem, som har glædet sig til hans tilsynekomst" (Andet Timotheusbrev 4:7-8).

De, som længes efter Herrens tilsynekomst, vil naturligvis leve i lyset og sandheden, og vil blive velforberedte kar og Herrens brude. Derfor vil de blive tildelt en krans i overensstemmelse med dette.

Apostelen Paulus blev ikke rokket i troen af forfølgelser og vanskeligheder, men forsøgte at øge Guds rige og udføre hans retfærdighed i hvad som helst, han foretog sig. Han åbenbarede Guds herlighed i høj grad hvor som helst han gik med sit arbejde og sin vedholdenhed. Det er derfor, Gud har beredt retfærdighedens sejrskrans til apostelen Paulus. Og han vil give den til alle, som på samme måde har længtes efter Herrens tilsynekomst.

Ethvert ønske i deres hjerter vil blive opfyldt

Det, som optog en på denne jord – det, som man var glad for at gøre, men som man opgav for Herren – det vil Gud give tilbage som en smuk belønning i Ny Jerusalem.

Husene i Ny Jerusalem har derfor alt, hvad man har ønsket at have, så man kan gøre hvad som helst, man vil. Nogle huse har søer, så ejerne kan sejle sig en tur, og andre har en skov, hvor man kan vandre. Måske vil folk gerne invitere deres kære på en kop te ved et bord i hjørnet af den smukke have. Der er huse med enge, dækket med græs og blomster, så folk kan gå og synge lovsange sammen med forskellige fugle og smukke dyr.

På denne måde har Gud gjort himlen til alt det, man ønskede at have på denne jord uden at undlade én eneste ting. Hvor vil man blive dybt rørt, når man se alle disse ting, som Gud har sørget for med stor omhu!

Faktisk er det i sig selv en kilde til glæde at være i stand til at komme til Ny Jerusalem. Man vil leve i uforanderlig lykke, herlighed og skønhed til evig tid. Man vil være fuld at glæde og begejstring, om end man vender blikket mod jorden, mod himlen eller mod andre ting.

Folk føler fred, behag og sikkerhed bare ved at opholde sig i Ny Jerusalem, for Gud har skabt den til sine børn, som han i sandhed elsker, og hvert hjørne af byen er fyldt med hans kærlighed.

Så hvad man end gør – omend man går, hviler, leger, spiser eller taler med andre mennesker – vil man fyldes med lykke og glæde. Træerne, blomsterne, græsset og selv dyrene er behagelige, og man vil mærke den pragtfulde herlighed fra slottets mure, dekorationer og faciliteterne i ens hus.

I Ny Jerusalem er kærligheden til Gud Fader ligesom en kilde, og man vil blive fyldt med evig lykke, taknemmelighed og glæde.

At møde Gud ansigt til ansigt

I Ny Jerusalem, hvor der er det højeste niveau af herlighed, skønhed og lykke, kan man møde Gud ansigt til ansigt og gå med Herren, og man kan leve med sine elskede til evig tid.

Man vil blive beundret af engle og den himmelske skare, samt af alle andre mennesker i himlen. Desuden vil man blive opvartet som en konge af ens personlige engel, og alle ens ønsker vil blive opfyldt perfekt. Hvis man ønsker at flyve i himlen, vil ens personlige skybil komme og stoppe lige foran ens fødder. Så snart man sætter sig ind i skybilen, kan man flyve den op i himlen, hvis man har lyst, eller man kan køre rundt på jorden.

Så hvis man kommer til Ny Jerusalem, kan man møde Gud ansigt til ansigt, leve til evig tid sammen med sine elskede, og alle ens ønsker vil blive opfyldt på et øjeblik. Man kan få alt, hvad man ønsker, og blive behandlet som en prins eller en prinsesse i et eventyr.

Fester i Ny Jerusalem

I Ny Jerusalem er der altid fester. Nogle gange er Faderen vært ved festerne, og andre gange er det Herren eller Helligånden. Man kan mærke glæden ved det himmelske liv ved disse fester. Man mærker øjeblikkeligt overfloden, friheden, skønheden og glæden.

Når man deltager i de fester, der holdes af Faderen, tager man sit bedste tøj og sine dekorationer på, og spiser og drikker det bedste mad og drikke. Man vil også nyde yndig og smuk musik, lovsigelse og dans. Man kan se englene danse, og til tider vil man selv danse for at behage Gud.

Englene har en smukkere og mere perfekt teknik, men Gud behages mere af aromaen fra hans børn, som kender hans hjerte og elsker ham af hjertets grund.

De mennesker, som har tjent ved gudstjenester på denne jord, vil også gøre det ved disse fester for at gøre dem mere lykkelige, og de, som har prist Gud med sang, dans og spil, vil gøre det samme ved de himmelske fester.

Man vil tage blødt og let tøj på med mange mønstre, en smuk krans og dekorationer, og juveler med skinnende lys. Man vil ankomme til festen i en skybil eller i en gylden karet eskorteret af engle. Mærker du ikke, at dit hjerte slår af glæde og begejstring bare ved at forestille dig alt dette?

Krydstogtsfestival på en sø så klar som glas

I de smukke søer i himlen flyder vandet så rent og klart som krystal uden nogen fejl eller plet. Vandet i de blå søer bølger blidt i brisen, og det skinner klart. Der er mange fisk i det gennemsigtige vand, og når folk kommer hen imod dem, byder de velkommen ved at bevæge deres finner og erklære deres kærlighed.

Koraller i mange farver danner små grupper og svajer blidt. Når de bevæger sig, udsender de lys i smukke farver. Det er et forunderligt syn! Der er mange små øer, og de ser alle indbydende ud. Krydstogtskibe som "Titanic" sejler rundt, og der er fester om bord på skibene.

Disse skibe er udstyret med alle slags faciliteter inklusiv behagelige kahytter, bowlinghaller, svømmepøle og dansesale, så folk kan foretage sig hvad som helst, de har lyst til.

Skibene er større og mere forunderligt dekoreret end noget luksusskib på denne jord, og det vil være en stor glæde at opholde sig på dem sammen med Herren og ens elskede.

2. Hvilken slags mennesker kommer i Ny Jerusalem?

De mennesker, der har en tro som guld, ser frem til Herrens tilsynekomst og som forbereder sig som brude for Herren, vil komme i Ny Jerusalem. Så hvilken slags menneske skal man da være for at komme i Ny Jerusalem, der er klar og smuk som krystal og fuld af Guds nåde?

Folk med tro, der behager Gud

Ny Jerusalem er stedet for de mennesker, som er på troens femte niveau – de som ikke alene har helliggjort deres hjerter fuldstændig, men som også er betroede i hele Guds hus.

Tro som behager Gud er den form for tro, hvormed Gud er dybt tilfreds, sådan at han gerne vil opfylde sine børns forespørgsler og ønsker, før de spørger.

Hvordan kan man så behage Gud? Lad mig give et eksempel. Lad os sige, at et far kommer hjem fra arbejde, og fortæller sine to sønner, at han er tørstig. Den første søn, som ved, at faderen er glad for sodavand, giver ham et glad cola eller sprite. Desuden giver han faderen massage, selv om han ikke har bedt om det, sådan at han kan føle sig bedre tilpas.

Den anden søn giver faderen et glas vand og går tilbage til sit værelse. Hvilken af de to sønner behager faderen mest, og hvilken af dem forstår bedst faderens hjerte?

Faderen må været blevet mest tilfreds med den søn, som gav ham det at drikke, han bedst kunne lide, og som gjorde noget ekstra, som faderen ikke havde bedt om. Den anden søn gjorde

191

kun det han skulle for at adlyde faderens ord.

På samme måde ligger forskellen på de mennesker, som kommer i det Tredje Rige og i Ny Jerusalem i den udstrækning, hvormed de har behaget Gud Faders hjerte, og har været trofaste overfor Faderens vilje.

Fuldstændig åndelige mennesker med Herrens hjerte

De mennesker, som har en tro, der behager Gud, fylder deres hjerter med sandheden og er betroede i hele Guds hus. At være betroet i hele Guds hus betyder at udføre sin pligter i højere grad end det, der bliver forventet, med en tro som Kristus selv, som adlød Guds vilje indtil døden uden at tage hensyn til sit eget liv.

De mennesker, som er betroede i hele Guds hus, udfører ikke gerninger med eget sind og tanker, men kun med Herrens hjerte, det spirituelle hjerte. Paulus beskriver Herre Jesu hjerte i Filipperbrevet 2:6-8:

> *"[Jesus], som havde Guds skikkelse, regnede det ikke for et rov, men gav afkald på det, tog en tjeners skikkelse på, og blev mennesker lig; og da han var trådt frem som et menneske, ydmygede han sig og blev lydig indtil døden, ja, døden på et kors."*

Derefter løftede Gud ham op, gav ham navnet over alle navne, lod ham sidde ved højre side af Guds trone med herlighed, og gav ham autoritet som "Kongernes konge" og "Herrernes Herre."

Ligesom Jesus bør man være i stand til at adlyde Guds ord ubetinget for at have tro til at komme i Ny Jerusalem. Så den, der kan komme i Ny Jerusalem, må være i stand til at forstå dybten af Guds hjerte. Denne slags person behager Gud, fordi han er trofast indtil døden og følger Guds vilje.

Gud raffinerer sine børn og fører dem til at have tro som guld, så de vil være i stand til at komme i Ny Jerusalem. Ligesom en minearbejder vasker og filtrerer i lang tid i sin søgen efter guld, holder Gud øje med sine børn, mens de forandres til smukke sjæle og vasker deres synder bort med sit ord. Når han finder børn, der har tro som guld, glæder han sig til trods for alt den smerte, fortvivlelse og sorg, han har udholdt for at opnå det endelige formål med den menneskelige kultivering.

De, som kommer i Ny Jerusalem, er Guds sande børn, som han har fået ved at vente lang tid, mens de forandrede deres hjerter til Herrens hjerte og opnåede den fuldstændige ånd. De er dyrebare for Gud, og han elsker dem meget højt. Det er derfor Gud opfordrer os på følgende måde i Første Thessalonikerbrev 5:23: *"Fredens Gud hellige jer helt og holdent og bevare fuldt ud jeres ånd og sjæl og legeme lydefri ved vor Herre Jesu Kristi komme!"*

Mennesker, som opfylder martyriets pligter med glæde

Martyrium er at opgive livet. Det kræver en fast overbevisning og stor helligelse. Herligheden og komforten, som man får efter at have opgivet livet for at opfylde Guds vilje ligesom Jesus, er hinsides forestillingsevnen.

Enhver, som kommer i det Tredje Rige eller i Ny Jerusalem, har tro til at blive martyr, men den, som rent faktisk bliver det, får en større herlighed. Hvis man ikke er i de rette betingelser til at blive martyr, må man have en martyrs hjerte, opnå hellighed og fuldføre sine pligter fuldstændig for at få den samme belønning som en martyr.

Gud har engang åbenbaret den herlighed for mig, som en pastor i min kirke vil modtage i Ny Jerusalem, når han har fuldført martyriets pligt.

Når han kommer i himlen efter at have fuldført sin pligt, vil han fælde endeløse tårer ved synet af sit hus med taknemmelighed for Guds kærlighed. Ved huset er der en stor have med mange slags blomster, træer og andre dekorationer. Fra haven til hovedbygningen er der guldveje, og blomsterne priser deres ejers præstationer og beroliger ham med deres dejlige duft.

Der vil desuden være fugle med guldfjer, som skinner i lyset, og smukke træer i haven. Adskillige engle, dyr og selv fugle vil prise martyriet og byde deres ejer velkommen, og når han går på stien ved blomsterne, vil hans kærlighed til Herren blive en smuk aroma. Han vil ustandseligt bekræfte sin taknemmelighed af hjertets grund.

"Herren elskede mig i sandhed og gav mig en dyrebar pligt! Derfor kan jeg være her ved Faderens kærlighed!"

Inden i huset er der mange dyrebare juveler, som dekorerer væggene, og der er et lys fra karneol, så rødt som blod, og et ekstraordinært lys fra safirer. Karneolen viser, at han har opnået entusiasme til at opgive livet, og samme passionerede kærlighed som apostelen Paulus havde. Safiren repræsenterer hans uforanderlige, retskafne hjerte og integriteten til at fastholde sandheden indtil døden. Dette er et minde om martyriet.

På ydervæggen er der en inskription skrevet af Gud selv. Den sammenfatter ejerens prøvelser, hvor og hvordan han blev martyr, og under hvilke omstændigheder han udførte Guds vilje. Når troende mennesker bliver martyrer, priser de Gud og til tider taler de til hans forherligelse. Sådanne bemærkninger er alle optegnet på væggen. Inskriptionen skinner så klart, at man bliver grundigt imponeret og fuld af lykke, når man læser den og ser det lys, som kommer ud fra den. Hvor vil den være imponerende, når Gud selv har skrevet den! Og alle, der besøger hans hus vil bukke for de ord, som Gud har skrevet!

På væggene i dagligstuen er der mange store skærme med typer af vægmalerier. Tegningerne forklarer, hvordan han har ageret, siden han første gang mødte Herren, hvor meget han har elsket Herren, og hvilke gerninger han har gjort på forskellige tidspunkter, samt med hvilket hjerte.

I et hjørne af haven er der forskellige slags sportsudstyr, som er lavet af et forunderligt materiale, og som har dekorationer, der er helt utænkelige på denne jord. Gud har lavet dem for at trøste ham, fordi han – selv om han var meget glad for sport – opgav det til fordel for præstegerningen. Håndvægtene er ikke lavet af metal eller stål som på denne jord, men er fremstillet af Gud med særlige dekorationer. De ligner ædelstene og skinner smukt. Forbløffende nok skifter deres vægt alt efter hvilken person, der benytter dem. Udstyret bruges ikke til at holde sig i form, men tjener som en slags souvenir og som kilde til trøst.

Hvordan vil han have det, når han ser alle disse ting, som Gud har beredt til ham? Han var nødt til at opgive sine lyster for

Herren, men nu trøstes hans hjerte, og han er taknemmelig for Gud Faders kærlighed.

Han kan slet ikke holde op med at takke og prise Gud med tårer, for Guds fintfølende og omsorgsfulde hjerte har beredt alt det, han nogensinde har ønsket, og har ikke udeladt et eneste ønske i hans hjerte.

Mennesker, som er fuldt ud forenet med Herren og Gud

Gud har vist mig, at der er et hus så stort som en storby i Ny Jerusalem. Det er så forbløffende, at jeg ikke kunne undgå at blive overrasket over dets størrelse, skønhed og pragt.

Det enorme hus har tolv porte – tre porte mod hver af verdenshjørnerne. I centrum er det et stort, treetagers slot, som er dekoreret med rent guld og alle slags dyrebare ædelstene.

På første sal er der en stor sal, hvor man ikke kan se fra den ene ende til den anden, og der er mange værelser. De bruges til fester og som mødested. På anden sal er der rum, hvor kranse, tøj, og souvenirs vedligeholdes og udstilles, og der er også steder til at modtage profeter. Tredje sal bruges udelukkende til møder med Herren og til at dele sin kærlighed med ham.

Rundt om i slottet er væggene dækket med blomster med en smuk duft. Floden med livets vand flyder fredeligt rundt i slottet, og over floden er der bueformede skybroer med regnbuefarver.

I haven er der mange slags blomster, træer og græs, som perfektionerer skønheden. På den anden side af floden er der en skov, der er så stor, at man slet ikke kan forestille sig det.

Der er også en forlystelsespark med mange forlystelser såsom krystaltoget, vikingeruten lavet af guld, og andre faciliteter dekoreret med juveler. De udsender et dejligt lys, når de kører. Ved side af forlystelsesparken er der en bred blomstersti og en slette, hvor dyrene leger og hviler sig fredeligt ligesom på de tropiske sletter på denne jord.

Der ud over er der mange huse og bygninger, som er dekoreret med mange slags juveler for at skinne smukt og udsende et mytisk lys til hele området. Ved siden af haven er der også et vandfald, og på den anden side af bjerget er der en sø, hvor store krydstogtskibe som "Titanic" sejler rundt. Alt dette er del af et enkelt hus, så man kan forestille sig, hvor stor denne ejendom må være.

Dette hus, der er så stort som en storby, er et turistcentrum i himlen, og tiltrækker mange mennesker, ikke alene fra Ny Jerusalem, men fra hele himlen. Folk morer sig og deler deres kærlighed til Gud. Der er utallige engle, som tjener ejeren, tager sig af bygningerne og faciliteterne, eskorterer skybilerne og priser Gud med dans og musik. Alt er indrettet på at give den yderste lykke og velbehag.

Gud har beredt dette hus, fordi ejeren har overkommet alle slags tests og prøvelser med tro, håb, og kærlighed, og har ført mange mennesker på vejen til frelse med livets ord og Guds kraft, og har elsket Gud frem for alt andet og mere end noget andet.

Kærlighedens Gud husker alle vores anstrengelser og tårer, og betaler os tilbage i overensstemmelse med, hvad vi har gjort. Han ønsker, at alle forener sig med ham og Herren med livgivende kærlighed, og at vi bliver spirituelle arbejdere, som fører utallige mennesker på vejen til frelse.

Himlen I

De mennesker, som har tro, der behager Gud, kan forene sig med ham og med Herren gennem deres livgivende kærlighed, for de ikke alene efterligner Herrens hjerte og har opnået den fuldstændige ånd, men har også givet deres liv for at blive martyrer. Disse mennesker elsker i sandhed Gud og Herren. Selv om der ikke var nogen himmel, ville de ikke ærgre sig eller føle, at de var gået glip af nogen fornøjelser på denne jord. De føler sig lykkelige og glade i hjertet over at handle i overensstemmelse med Guds ord, og at arbejde for Herren.

Mennesker med sand tro lever naturligvis i håb om de belønninger, Herren vil give dem i himlen, ligesom der står i Hebræerbrevet 11:6: *"Men uden tro er det umuligt at behage ham; for den, som kommer til Gud, må tro, at han er til og lønner dem, som søger ham."*

Det betyder dog ikke noget for dem, om der er en himmel eller ej, og om der er belønninger eller ej, for der er noget, som er mere værdifuldt. De føler, det er lykkeligere end noget andet at møde Fader Gud og Herren, som de oprigtigt elsker. Derfor vil det være mere ulykkeligt og trist ikke at være i stand til at møde Fader Gud og Herren, end ikke at modtage belønninger eller ikke at leve i himlen.

De mennesker, som viser deres udødelige kærlighed til Gud og Herren ved at opgive deres liv, selv hvis der ikke var noget lykkeligt efterliv i himlen, er forenet med Faderen og Herren, deres brudgom, gennem deres livgivende kærlighed. Hvor må den herlighed og belønning, som Gud har forberedt til dem, være stor!

Apostelen Paulus, som længdes efter Herren tilsynekomst, og bestræbte sig på at føre så mange mennesker som muligt til frelse gennem Herrens gerning, bekræftede det følgende:

"For jeg er vis på, at hverken død eller liv eller engle eller magter eller noget nuværende eller noget kommende eller kræfter eller noget i det høje eller i det dybe eller nogen anden skabning kan skille os fra Guds kærlighed i Kristus Jesus, vor Herre" (Romerbrevet 8:38-39).

Ny Jerusalem er stedet for Guds børn, som er forenet med Fader Gud gennem denne form for kærlighed. Ny Jerusalem, der er klar og smuk som krystal, bliver beredt sådan at der vil være en utænkelig overflod af glæde og lykke.

Vor Fader, kærlighedens Gud, ønsker at alle mennesker ikke alene bliver frelst, men at vi også efterligner hans hellighed og perfektion, sådan at vi vil komme i Ny Jerusalem.

Jeg beder derfor i Herrens navn om, at du vil indse, at Herren, som er taget til himlen for at berede vores boliger, snart kommer tilbage, og du vil opnå den hele ånd og holde dig skyldfri, sådan at du vil blive en smuk brud, som kan sige: "Kom snart, Herren Jesus."

Forfatteren:
Dr. Jaerock Lee

Dr. Jaerock Lee blev født i Muan, Jeonnam provinsen, i den koreanske republik i 1943. Da han var i tyverne, led han af en række uhelbredelige sygdomme syv år i træk, og ventede på døden uden håb om bedring. En dag i foråret 1974 tog hans søster ham dog med i kirke, og da han knælede for at bede, helbredte den Levende Gud straks alle hans sygdomme.

Fra det øjeblik, hvor Dr. Lee mødte den Levende Gud gennem denne vidunderlige oplevelse, elskede han Gud oprigtigt af hele sit hjerte, og i 1978 blev han kaldet som Guds tjener. Han bad indtrængende om klart at forstå og opfylde Guds vilje, og adlød alle Guds bud. I 1982 grundlagde han Manmin Centralkirke i Seoul, Korea, og siden da har utallige af Guds gerninger fundet sted i denne kirke, inklusiv mirakuløse helbredelser og undere.

I 1986 blev Dr. Lee ordineret som pastor ved den årlige forsamling for Jesu Sungkyul kirke i Korea, og fire år senere i 1990 begyndte hans prædikener at blive udsendt til Australien, Rusland, Filippinerne og mange andre steder gennem det Fjernøstlige Udsendelsesselskab, Asiatisk Udsendelsesstation og Washington Kristne Radio.

Tre år senere i 1993 blev Manmin Centralkirke placeret på Top 50 for kirker over hele verden af magasinet *Christian World* i USA, og Dr. Lee modtog et æresdoktorat i guddommelighed fra Fakulteter for Kristen Tro i Florida, USA, og i 1996 en Ph.D i præsteembede fra Kingsway Teologiske Seminar, Iowa, USA.

Siden 1993 har Dr. Lee været en førende person i verdensmissionen gennem mange oversøiske kampagner i USA, Tanzania, Argentina,

Uganda, Japan, Pakistan, Kenya, Filippinerne, Honduras, Indien, Rusland, Tyskland, Peru, Congo, Israel, og Estland og i 2002 blev han kaldt en "verdensomspændende pastor" af en større kristen avis i Korea på grund af hans mange oversøiske kampagner.

Siden Januar 2016 har Manmin Centralkirke været en menighed med mere end 120.000 medlemmer. Der er 10.000 inden og udenrigs søsterkirker over hele kloden, og der er indtil videre udsendt mere end 102 missionærer til 23 lande, inklusiv USA, Rusland, Tyskland, Canada, Japan, Kina, Frankrig, Indien, Kenya og mange flere.

Indtil nu har Dr. Lee skrevet 100 bøger, blandt andet bestsellerne *En Smagsprøve på Det Evige Liv før Døden; Mit Liv, Min Tro (I) & (II); Budskabet fra Korset; Målet af Tro; Himlen I & II; Helvede* og *Guds Kraft* og hans værker er blevet oversat til mere end 75 sprog.

Hans kristne artikler er udsendt i *Hankook Ilbo, JoongAng Daily, Dong-A Ilbo, Chosun Ilbo, Munhwa Ilbo, Seoul Shinmun, Kyunghyang Shinmun, The Korea Economic Daily, The Korea Herald, Shisa News* og *The Christian Press.*

Dr. Lee er for øjeblikket leder af mange missionsorganisationer og foreninger, blandt andet bestyrelsesformand for Jesus Kristus Forenede Hellighedskirke, Grundlægger og bestyrelsesformand for det Globale Kristne Netværk (GCN), Grundlægger og Bestyrelsesformand for Verdensnetværket af Kristne Læger (WCDN) og Grundlægger og Bestyrelsesformand for Manmin Internationale Seminar (MIS).

Andre stærke bøger af samme forfatter

Himlen II

En detaljeret skitse af det prægtige liv som de himmelske borgere vil nyde, og en beskrivelse af forskellige niveauer af himmelske riger.

Budskabet fra Korset

En stærk vækkelsesbesked til alle menneske, som sover i spirituel forstand. I denne bog vil du se årsagen til, at Jesus er den eneste Frelser, og fornemme Guds sande kærlighed.

Helvede

En indtrængende besked til hele menneskeheden fra Gud, som ikke ønsker at en eneste sjæl skal falde i helvedes dyb! Du vil opdage en redegørelse, som aldrig før er blevet offentliggjort, over de barske realiteter i Hades og helvede.

Ånd, Sjæl og Krop I & II

Gennem en åndelig forståelse af ånd, sjæl og krop, som er menneskets komponenter, kan læserne få indblik i deres "selv" og opnå indsigt i selve livet. Denne bog viser læserne genvejen til at deltage i den guddommelige natur og få alle de velsignelser, som Gud har lovet.

Målet af Tro

Hvilken slags himmelsk bolig og hvilken slags krans og belønninger er blevet gjort klar i himlen? Denne bog giver visdom og vejledning til at måle sin tro, og kultivere den bedste og mest modne tro.

Vågn op, Israel

Hvorfor har Gud holdt øje med Israel fra verdens begyndelse indtil nu? Hvad er hans forsyn for de sidste dage for Israel, som venter på Messias?

Mit Liv, Min Tro I & II

En velduftende spirituel aroma, som er et ekstrakt af den uforlignelige kærlighed til Gud, som blomstrede op midt i mørke bølger, under det tungeste åg og i den dybeste fortvivlelse.

Guds Kraft

En essentiel vejledning, hvorved man kan opnå sand tro og opleve Guds forunderlige kraft. En bog, som må læses.

www.urimbooks.com

www.ingramcontent.com/pod-product-compliance
Lightning Source LLC
LaVergne TN
LVHW041702060526
838201LV00043B/537